천미신교
낙양지부

천마신교 낙양지부 4

정보석 新무협 판타지 소설

초판 1쇄 찍은 날 § 2018년 1월 5일
초판 1쇄 펴낸 날 § 2018년 1월 12일

지은이 § 정보석
펴낸이 § 서경석

편집책임 § 이선근
편집 § 김슬기

펴낸곳 § 도서출판 청어람
등록번호 § 제387-1999-000006호
등록일자 § 1999. 5. 31
어람번호 § 제2-2736호

주소 § 경기도 부천시 부일로 483번길 40 서경B/D 3F (우) 14640
전화 § 032-656-4452 팩스 § 032-656-4453
http://www.chungeoram.com
E-mail § chungeorambook@daum.net

ⓒ 정보석, 2017

ISBN 979-11-316-91598-7 04810
ISBN 979-11-316-91369-3 (세트)

9

천미신교 낙양지부

정보석 新무협 판타지 소설

FANTASTIC ORIENTAL HEROES

도서출판 청람

殺神
慶神文殺影
丁淘場文

천미신교
낙양지부

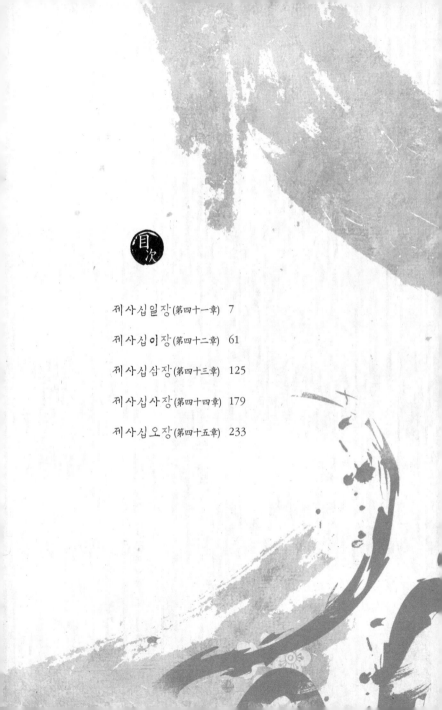

目
次

제사십일장(第四十一章)

물속은 차가웠다. 하지만 두 남녀의 몸은 뜨거워 그 한기를 느끼지 못했다.

환상과도 같은 시간이 지나고, 피월려와 진설린은 한층 발그레해진 얼굴이 된 채 서로의 눈을 마주치지 못했다.

침상 위가 아니라 강물 속에서, 그것도 서 있는 채로 음양합일을 하니 색다른 기분에 서로 부끄러움을 느낀 것이다. 그들은 서로의 눈을 쳐다보기는커녕 얼굴조차 돌리고 있었다. 하지만 둘의 몸은 어느 때보다 밀착되어 있었다.

물의 부력으로 가벼워진 진설린은 피월려의 왼팔 위에 앉아 있었다.

엉덩이를 붙잡은 그의 손을 의자 삼아 한 다리를 걸친 그녀는, 피월려의 어깨 위에 두 팔을 올려놓고 가지런한 자세를 유지하고 있었다. 피월려보다 위에 위치한 터라 그녀의 가슴이 피월려의 턱 주변에 있는데, 피월려는 애써 시선을 멀리 두었다.

"풋."

진설린의 웃음에 피월려가 그녀를 올려다보았다.

"왜 그러시오?"

진설린은 손을 살포시 들어 입가를 가렸다.

"아니에요."

"……"

피월려는 영문을 모르겠다는 듯이 쳐다보았지만 진설린은 궁금증을 해결해 줄 생각이 없는 듯 배시시 미소를 얼굴에 띠고 그를 마주 보기만 했다.

피월려는 웃은 이유를 그녀가 절대로 말해주지 않을 것임을 깨닫고 헛웃음을 지었다.

진설린은 앞으로 시선을 옮겼다.

수평선에 길게 늘어진 달빛은 깨끗한 강물 위로 반사되어 별처럼 반짝거렸다.

진설린이 말했다.

"내력이 많이 느셨어요. 생각보다 양기도 강력하지 않았고요."

"그랬소?"

"누구랑 잔 거예요?"

피월려는 갑자기 기침을 했다.

"그, 그게 무슨 말이오?"

"아니, 뭐……. 내력도 갑자기 늘어나셨고. 내가 알지 못하는 음기도 느껴지던데요."

"그래서 내가 다른 여자와 음양합일을 했다고 생각한 것이오?"

"네. 그렇다고 해서도 뭐라고 추궁하는 건 아니에요. 월랑은 뭐……."

"오해하셨소."

"네?"

피월려는 품속에서 박소을이 줬던 은보를 꺼냈다.

"이것의 내력일 것이오. 아마."

진설린은 그것을 받아 들고는 하늘 위로 번쩍 들었다. 그리고 달빛에 이렇게 저렇게 비춰보더니 입술을 삐쭉거렸다.

"아무런 기운도 느껴지지 않는데요?"

"음양합일을 하는 중에 흡수된 것 같소. 내력의 양이 총 이십 년 정도 되지 않았소?"

"이십 년이 어느 정도인지는 몰라요. 그냥 월랑의 기운만큼이나 강한 음기를 느꼈을 뿐이에요."

"내가 가진 본신 내력이 이십 년 정도 되니 딱 그 정도라 말할 수 있소."

"피이……. 거짓말 아니죠?"

"내가 왜 거짓을 말하겠소."

"알았어요. 믿을게요."

진설린은 표정을 풀었다. 그러나 피월려의 표정이 되레 어두워졌다.

"혹 다시 여기에 내력을 불어넣을 수 있으시오?"

"아니요. 이미 몸에 들어와서 자연의 기운으로 되돌릴 수 없어요. 왜 그러시죠?"

피월려는 잠시 말이 없었다. 무언가 고민을 하는 듯했다.

그가 곧 입을 열었다.

"난 린 매가 마법을 익히고 있어 음기가 늘었다고 생각했소. 그래서 그 기운을 거부하지 않은 것인데……. 이거 골치 아프게 됐군. 은보에는 음기가 남아 있어야 하는데 말이오."

"왜요? 월랑과 제가 흡수했으니 더 좋은 거 아닌가요?"

"아니요. 이건……. 그럴 이유가 있소."

진설린은 피월려가 말해주지 않을 것이란 것을 알았다. 하지만 질문했다.

"왜요?"

"이것은 내 것이 아니오. 그래서 그렇소."

진설린은 단순히 그 이유뿐만은 아니라는 것을 확신했다. 하지만 더는 캐묻지 않았다.

피월려는 억지로 가까워지려 하면 오히려 더 멀어진다는 것을 잘 알기 때문이었다.

피월려는 안색이 좋지 않았지만, 그 속의 고민을 털어놓진 않았다. 그런데 그때, 그들이 서 있던 곳 뒤쪽으로 삼 장 정도 떨어진 곳에서 누군가 물 위로 헤엄쳐 올라왔다.

주하와 혈적현이었다.

혈적현은 지친 기색이었지만, 얼굴의 혈색은 좋았다. 다행히 내공으로 내상을 잘 다스린 듯 보였다.

그가 말했다.

"보아하니, 일이 잘 흘러간 듯싶군."

피월려가 고개를 끄덕였다.

"당환독이 방심했다. 덕분에 쉽게 죽일 수 있었어."

"……"

혈적현은 잠시 말이 없었다.

마침 그의 시선이 진설린의 얼굴을 지나갔는데, 물에 젖은 그녀의 매혹적인 모습에 넋이 나가 눈동자가 움직이질 못한 탓이다.

그런 것에 너무나도 익숙한 진설린은 자연스럽게 고개를 살포시 숙이면서 인사했다.

"혈 공자라고 들었습니다. 전 진설린입니다. 처음 뵙겠습니다."

그녀의 미소에 혈적현은 정신을 퍼뜩 차리고 포권을 취했다.

"혈적현입니다. 아니……. 무영비주입니다."

"큭큭큭."

"……."

피월려가 혈적현을 비웃는 사이 주하를 보았다. 그녀는 내상이 있는 듯 안색이 별로 좋지 못했다.

피월려가 웃음을 멈추고 물었다.

"주 소저. 괜찮으시오?"

주하는 살포시 웃었으나 누가 봐도 억지로 웃으려 한다는 것을 알 수 있었다.

"위험한 수준은 넘겼습니다. 지부에 돌아가 쉬면 오늘 내에 완치될 것입니다. 피 대원께서는 괜찮으십니까? 음양의 불균형이 심히 염려되었습니다."

"이젠 괜찮소. 걱정해 주서서 고맙소."

"아닙니다. 전속대원으로 당연한 것입니다. 혹 강가에서 양기를 식히시는 것이 아니라면, 일단은 뭍으로 가는 것이 좋겠습니다만."

그러고 보면 피월려와 진설린은 감상에 젖어 물속에 있었던 것이지, 어떤 특별한 이유가 있었던 것은 아니다. 그들은 곧 앞장선 주하를 따라 강가로 나왔다.

세 마리의 말은 영특하게도 그들을 기다리고 있었다. 주하와 혈적현이 각각 말을 탔고, 뒤이어 진설린이 말에 올라탔다. 그런데 피월려는 말 위로 올라오려 하지 않았다.

"월랑은 안 오세요?"

피월려가 대답했다.

"아직 해야 할 일이 있소."

"해야 할 일이라면?"

"임무 중에서도 은밀함을 요구하는 것이기 때문에 말할 수 없소. 완료가 되면 그때 말해주겠소."

"그럼 나중에 오시는 거예요? 얼마나요?"

"반나절 안에는 돌아갈 것이오. 일단 주 소저와 무영비주는 귀환하시오."

말이 끝나기 무섭게 주하가 굳은 표정으로 말했다.

"저도 가겠습니다."

"이 임무는 일대주이신 박소을 장로께서 내게 직접 하사하신 것으로 단독으로 수행하라는 조건이 명시된 것이오. 따라서 주 소저를 데려갈 수는 없소."

주하는 뭐라 따지고 싶었다. 피월려가 계속해서 그녀를 멀리하는 것이 마음에 들지 않았기 때문이다. 하지만 명 자체에 단독으로 수행하라는 것이 포함되었다면 따지고 들 여지가 전혀 없다.

주하의 표정은 딱딱해졌지만, 그녀는 수긍할 수밖에 없었다.

"알겠습니다. 조심히 다녀오십시오."

그녀는 그렇게 툭 말하고는 말 머리를 돌려 바로 달려 나갔다.

그것이 그녀가 할 수 있는 최대의 불만 표현이었다. 피월려는 그녀의 마음을 이해하고는 조금 귀엽다는 생각이 들었다.

"왜 웃으세요?"

"으응? 뭐가 말이오?"

"월랑 말이에요. 지금 웃으셨잖아요."

"내가 웃었소?"

"네. 주하 소저가 말을 타고 달려 나가는 뒷모습을 흐뭇하게 바라보시면서 매우 따스한 미소를 지었어요."

진설린의 어투는 딱딱 끊어졌고 표정은 어딘가 모르게 차가웠다. 피월려는 당황했다.

"그, 그렇소? 난 잘 모르겠소만."

피월려는 도움을 구하는 눈길로 혈적현을 보았다. 혈적현은 이때다 싶은지 대놓고 폭소했다.

"크하하, 크하하하!"

"……."

"지부에서 보자. 수고해라. 하하하!"

혈적현도 말 머리를 돌렸다. 피월려는 젖은 머리카락을 잡아매며 진설린의 따가운 눈초리를 애써 피했다.

"홍. 이따가 얘기해요."

"아, 알겠소. 일단 조심히 들어가시오."

"위험한 임무인 것 같은데 월랑도 조심하세요."

진설린의 모습도 곧 멀어졌다.

홀로 남은 피월려는 한숨을 푹 내쉬며 은보를 꺼냈다. 햇빛을 난반사하는 오묘한 흑광이 그의 심경을 잘 대변해 주고 있었다.

피월려는 가부좌를 틀었다. 그리고 극양혈마공을 극한으로 끌어 올려 마기로 몸을 뜨겁게 데웠다.

총 삼십 년에 해당하는 마기가 그의 몸에서 뿜어져 나와 주변을 무겁게 뒤덮었다.

짓눌린 대기가 갇혀 광기로 오염되고, 그것이 곧 마기로 정제되어 피월려의 육체로 스며들었다.

한 시진이나 극양혈마공을 운기한 그가 모든 마기를 속으로 갈무리하고 눈을 떴다.

맹수조차 떨게 만드는 마광이 그의 눈에서 폭사되었다. 피월려는 속에서 꿈틀거리는 막대한 양의 마기를 느끼며 숨을 골랐다.

마공은 순간적으로 내력을 세 배에서 다섯 배까지 늘릴 수 있다. 수많은 부작용이 있지만, 승부에 있어 갑자기 늘어난 내력의 차이는 그 무엇으로도 대신할 수 없을 만큼 강력한 장점이 된다.

마기에 지배당해 피월려의 몸에 흡수된 내력은 그 양이 어느 정도나 되는지 가늠하기 힘들 정도로 많았다.

급격하게 불어난 근육을 강 아래로 비춰보면서, 피월려는 두려움이 깃드는 마음을 달랬다.

스스로 세뇌하여 자신감을 되찾았다. 그렇게라도 하지 않으면 만날 수 없는 상대다.

한동안 마음을 갈고닦은 그는 서서히 걸음을 옮겨 북쪽으로 향했다.

*　　　　　*　　　　　*

아이를 끌어안은 따듯한 여인의 손길은 앙상했다. 이 세상에 가장 강한 모정조차도 괴물로부터 그 아이를 살릴 순 없었던 것 같았다.

그 여인의 옷은 넝마가 되어 피로 얼룩져 있었고 흙먼지로 뒤덮여 있었다.

피월려는 옆의 시신으로 눈길을 돌렸다. 열 살 남짓한 남자아이다.

시신의 형태가 사람의 것이라 알아볼 수도 없을 만큼 훼손되어 있었다.

생기가 빨리지 않아 피부가 쪼그라들지 않았기에 그나마 남자아이라는 것을 알 수 있었다.

그에 반해 남자아이의 품에 있는 또 다른 시신은 노인의 것과 같았다.

백발이 된 머리카락이나 윤기 없는 피부는 팔십을 족히 넘은 듯 보였다. 하지만 손에 꼭 쥐고 있는 노리개를 보면 그 시신은 노인이 아니라 어린 소녀였다는 것을 간접적으로 알 수 있었다.

여인과 남자아이, 그리고 여자아이. 홀로 남은 남편은 아마 평생 그들을 잊지 못할 것이다. 차라리 그들보다 먼저 죽었다면 다행이리라.

피월려는 걸음을 한 발자국 옮겼다.

겨우 한 발자국이지만 동굴의 퀴퀴한 냄새가 훨씬 짙어졌는데, 그는 신경 쓰지 않았다.

마기가 일렁이는 그의 눈은 또 다른 시신에 고정되어 있었다.

고급스러운 궁장 차림을 한 이 세 명의 시체들은 기녀가 분명하다.

궁장이지만 보통 궁장과는 다르게 가슴의 풍만함과 허리의 잘록함을 강조하는 띠가 매어져 있었기 때문이다. 말라비틀어진 시신이 됐음에도 하얀색을 유지하는 얼굴은 짙은 분칠의 흔적이고, 홍조를 잃지 않은 볼과 빨간 입술은 진한 화장의 흔적이다.

그 외의 몸은 검게 썩어가고 있었으며, 빗자루 같은 백발의 머리카락은 바람에 잘게 끊어지고 있었다.

재수가 없었다. 그들이 죽은 이유는 그뿐이다.

피월려는 아름다운 경관이라도 감상하듯 그것을 뚫어지게 바라보았다. 굳은 표정과 흔들림 없는 눈동자는 오랫동안 변하지 않았다.

"왜 안 들어오고 있느냐?"

더 깊은 동굴 속에서 음산한 목소리가 들렸다. 진한 마기를 품은 것이 듣는 이로 하여금 공포를 불러일으켰다. 하지만 피월려는 무덤덤하게 입을 열었다.

"아무것도 아닙니다. 안에 계십니까?"

"그렇다. 낮에는 이렇게 동굴 안에 처박힐 수밖에 없는 꼴이지."

"그렇습니까?"

"어떻게 나를 찾았느냐?"

피월려는 눈길과 발길을 떼어, 동굴 안쪽으로 몸을 틀었다.

"박소을 대주께서 보내셨습니다."

"박소을? 박 장로 말이냐?"

"예."

"……."

"들어가도 되겠습니까?"

"들어와라."

피월려는 천천히 발걸음을 옮겼다.

동굴 안은 박쥐 냄새가 가득했다. 하지만 정작 생물의 기운은 전혀 찾을 수 없었다. 동굴 안을 가득 메운 마기에 의해서 모두 도망간 듯싶었다.

햇빛이 겨우 스며드는 한적한 공간에 가도무는 초췌한 몰골로 앉아 있었다.

온몸 위로 굳은 피가 묘한 혈향을 주변에 흩뿌렸고, 오랫동안 씻지 않아 나는 인내가 박쥐 냄새를 덮었다.

앙상한 뼈와 퀭한 눈은 매우 연약해 보였으나, 가공할 마기와 폭사되는 안광은 그가 천마급 마인인 것을 증명하고 있었다.

피월려는 포권을 취했다.

"가도무 선배님을 뵙습니다."

"오냐. 잘 지냈느냐?"

"보시다시피 최근 음양합일을 하여 마기의 안정을 찾았습니다."

"그래 보이는구나. 그런데 이거 괜히 미안하군. 나를 만나려고 억지로 극양혈마공을 다시 폭주시켰더냐?"

피월려는 극양혈마공을 극한으로 끌어 올려 감성의 지배를 맡기고 있었다.

그렇게 하지 않으면 가도무의 앞에서 제대로 말조차 꺼내지 못하게 될 것이 자명했기 때문이다.

피월려는 고개를 끄덕였다.

"가 선배를 만나는 데 있어 작은 예의를 차린 것뿐입니다."

"그래? 내게 음기를 빼앗기기 싫어서 일부러 그런 것이 아니고? 큭큭큭."

"설마 후배가 그런 생각을 했겠습니까?"

"모르지, 큭큭큭."

조소하는 목소리에도 마기가 느껴졌다. 허나 소리 자체만 놓고 보면 병든 노인의 기침처럼 작았다. 끼니조차 제대로 때우지 못하는 병자의 소리와 같았다.

피월려가 물었다.

"요즘 식사를 하지 못하셨습니까?"

"아니, 미친 듯이 먹었다. 이 동굴에 있는 박쥐란 박쥐는 모두 내가 잡아먹었지."

이제 보니 박쥐는 도망간 것이 아니라 잡아먹힌 것이다. 그럼에도 가도무는 오랫동안 허기진 사람처럼 힘없어 보였다.

"그런데 왜 기운이 없으십니까?"

"마기가 다른 기운을 대신하니까 그런다. 음양의 조화가 깨져 내 통제를 벗어난 지 오래. 이젠 내 생기까지도 탐을 내고 있지. 때문에 아무리 먹어도 배가 고프고 아무리 잠을 자도 졸리다."

"……"

"이게 불교에서 말하는 지옥인가 싶구나."

"그래도 기운에 있어 전혀 쇠함이 없어 보이십니다."

"마공이 다 뺏어가니까 그렇지. 하지만 곧 육체도 견디지 못할 거야. 무형이 유형을 대신할 수 없으니."

"시간이 얼마나 남으신 겁니까?"

"모른다. 그나마 여인을 납치하여 음기를 충족했기에 망정이지, 지금 당장 죽어도 이상할 것이 없다."

"……"

"용무가 뭐냐?"

피월려는 품속에서 은보를 꺼내 가도무에게 다가가 건넸다.

순간 앞으로 뻗은 그의 팔을 가도무가 뽑아버리는 듯한 환상이 머릿속에 스쳐 지나갔다.

종잡을 수 없는 살인마의 마기는 피월려에게 그런 환상을 보여줄 정도로 뒤틀려 있었다.

"팔에 마기를 집중시켰으나 살기는 느껴지지 않아. 뭐냐?"

피월려는 놀라 자기의 팔을 내려다보았다.

그의 팔은 피부가 덜덜 떨릴 정도로 강한 마기가 담겨 있었다.

등골이 오싹하는 기분을 느낀 피월려는 서둘러 팔에서 마기를 거둬들이며 말했다.

"아닙니다. 무의식적으로 그런 것입니다."

"그래? 흐음."

피월려를 묘한 눈빛으로 흘겨보던 가도무는 피월려가 건네준 은보를 받았다. 그것을 확인한 가도무의 눈빛이 반짝 빛났다.

"이거……."

"박소을 대주께서 전해주라고 하신 물건입니다. 은보라는 신물입니다."

"은보라면?"

"소유자를 만독불침에 가깝게 만들어줍니다. 사천당문의 삼대극독을 제외한 모든 독에 대해서 면역이 됩니다."

"크……. 큭큭큭. 그래? 박 장로가 내게 이것을 전해주라 하더냐? 내 위치를 알게 된 것도 박 장로가 알려준 것이고?"

"예. 이곳의 위치까지도 알려주셨습니다."

가도무는 힘없이 한참을 웃었다. 그러더니 곧 독백하듯 말했다.

"재미있군, 재밌어. 그놈은 내가 어디 갈지도 알고 있던 것이냐?"

"그렇기 때문에 이곳에 와서 은보를 전해주라고 명을 내리신 것 아니겠습니까?"

가도무는 마지막 보루인 빙정을 찾기 위해서 사천당문으로 갈 예정이다.

그것을 안 박소을이 그에게 힘이 되도록 은보를 내어준 것이다.

가도무는 얼굴에 비웃음을 그리며 말했다.

"큭큭큭. 교주가 지금 날 찾고 있다는 것을 모르진 않을 텐데. 내 위치를 알면서 비밀로 하다니……. 하긴 박 장로의 진면목은 아무도 본 자가 없지. 무슨 생각을 하는지 모르겠군."

"저도 감히 짐작할 수 없습니다. 다만 가 선배께서 빙정을 찾기 위해 사천당문에 방문해야 하니, 조금 도움을 드린 것뿐입니다."

"그래서 내가 쳐부수는 김에 제대로 쳐부수라 이거잖아?"

"……."

정확한 표현이다.

피월려는 침묵했고, 가도무는 말을 이었다.

"손 안 대고 코 풀기군. 어차피 천마신교에서도 사천당문의 멸문을 원하니까. 큭큭큭. 이 몸은 원래 남에게 이용당하는 것을 극도로 싫어하지만 이번은 어쩔 수 없군. 빙정을 찾지 못하면 내가 죽으니, 사천당문에 안 갈 수가 없어."

"박 대주께서는 가 선배께서 먼저 연락책을 마음대로 죽이셨으니, 이 정도는 감수하라 했습니다."

"연락책? 아……. 그 호사일인가 뭔가 하는 놈?"

"예."

"그 쓰레기가 혈교인이라는 게 항상 마음에 안 들었지. 박 소을 장로만 아니면 애초에 혈교인은커녕 천마신교에도 들어오지도 못할 놈이지, 그 쓰레기는."

"……."

"그래서 이젠 네가 연락책이 되는 거냐?"

"그건 아닙니다. 전 거절했습니다."

"뭐? 혈교의 제안을 거절했다고? 그래놓고 박 장로가 네놈을 살려뒀어?"

"명이 아니라고 확실히 말하셨습니다. 때문에 거절했습니다만……. 박 대주께서는 제가 필히 혈교로 입교할 거라 말하며 웃으셨습니다."

"그래? 보류라 이거지. 큭큭큭. 박 장로가 너를 그 정도의 인재라고 판단했다면 나도 궁금하군. 옆에 앉아봐라. 이야기나 하자."

뜻밖이다.

가도무가 대화를 원한다니.

피월려는 그가 진정으로 죽음을 생각하고 있다고 느꼈다. 그렇지 않고서야 천살성인 가도무가 먼저 대화를 청할 리가 없다.

"예, 알겠습니다."

피월려는 터벅터벅 걸어 가도무의 옆에 앉았다. 동굴의 한기가 바닥과 벽에서부터 피월려의 뜨거운 몸으로 흡수되기 시작했다.

마음이 한결 편해지는 것이 왜 가도무가 이곳에 있는지 알 수 있을 것 같았다.

가도무는 시선을 앞으로 고정한 채 말했다.

"박 장로가 혈교인인 것은 언제 알았느냐?"

"명을 받은 그때 알게 되었습니다. 그런데 박 장로께서는 스스로를 혈교인으로 칭하지 않으시더군요. 그건 왜 그런 겁니까?"

"혈교의 특성 때문이다. 혈교는 네가 생각하는 것만큼 확실히 구분되어진 집단이 아니다. 단지 마교의 정통성을 무엇보다도 신봉하는 것뿐이다."

"본 교에서 바라보는 시각과는 많이 다르군요."

"그러겠지. 교주는 혈교의 존재를 껄끄럽게 생각하니까. 하여간 네놈도 혈교의 제안을 받은 이상 이미 혈교인이다."

"예?"

"혈교의 존재를 알고 혈교인의 추대를 받았음에도 살아 있다면, 그자는 곧 혈교인과 다를 바 없다."

"무슨 뜻입니까?"

"혈교에는 혈교인에게 주어지는 어떤 명패도 없다. 증거도 없지. 점조직과 같다. 그러니 네가 혈교의 존재를 알고 혈교인을 알게 되었다면 혈교인인 것이다."

"그것은 말이 되지 않습니다."

"정 그렇다면 서화능에게 가서 말해봐라. 박소을이 혈교인이라고. 가도무가 혈교인이라고."

"……."

"증거가 없다. 아무것도 없지. 의미조차 없다. 내가 혈교인이든 박 장로가 혈교인이든 무슨 상관이냐?"

"이해하기 어렵습니다."

"혈교란 그런 것이지. 천마신교의 뒤에서 천마신교를 지탱

한다. 그뿐이야."

"……."

"어렵게 생각하지 마라. 네가 혈교인이 됐다. 그래서 변하는 것이 무엇이냐? 누군가 네게 또 다른 명령을 내릴 것이냐? 아니면 전과 다른 일을 할 것이냐? 변하는 것은 아무것도 없다. 네가 네 믿음을 실천할 뿐이지."

"변하는 것이 있습니다. 교주와 반목하게 되지 않습니까?"

"피월려. 교주가 천마신교는 아니다. 천마신교라는 거대한 집단의 주인이지, 그 본질 자체가 아니야. 교주는 변하지만 천마신교는 변하지 않는다. 우리의 충성은 변하지 않는 천마신교를 향해야 하는 것이지, 시시때때로 변하는 교주를 향해선 안 된다."

"궤변입니다."

"마음대로 생각해라. 하지만 네놈은 이미 혈교인이야. 그 사실에는 변함이 없다."

"그렇지 않습니다."

"그렇지 않다면 넌 서화능에게 즉시 보고했어야 해. 하지만 그렇게 하지 않았지. 내게 와서 박 장로의 명령을 수행했다. 왜냐?"

"명이기 때문입니다. 상명하복을 따랐을 뿐입니다."

"그래. 맞다. 넌 천마신교의 율법을 따랐을 뿐이다."

"……"

"나는 음양전주를 죽이고 영약을 훔쳤고, 밖으로 나와 전중원을 휘젓다가 이젠 교주의 것인 빙정까지도 탐내고 있다. 천마신교에서는 추살령이 떨어졌지. 내가 반역자가 아니면 누가 반역자일까. 하지만 나의 죽음도 결국 천마신교를 위한 것이 된다. 귀찮기 짝이 없는 사천당문을 내가 쓸어주니 말이다. 무공을 내게 하사하신 스승의 손길에 의해서, 나를 배척한 천살가의 손길에 의해서, 나를 추살하려고 한 교주의 손길에 의해서, 이 은보를 준 박 장로의 손길에 의해서, 그리고 내게 그것을 전달한 너의 손길에 의해서……. 나는 결국 천마신교를 위해 천마신교의 마인으로 죽을 것이다."

"……"

"혈교란 그런 것이다. 복잡하게 생각하지 마라. 간단한 것이다. 네가 네 생을 천마신교를 위해 살았고, 그것을 위해 죽었다면 혈교인인 것이다. 교주의 뜻과 어긋난다고 천마신교의 마인이 아닌 것이 아니다."

피월려는 묵묵히 그의 말을 들었다.

가도무의 어투는 언젠가 들어본 것과 유사했다. 그의 검을 맞은 적들이 피를 토하면서 내뱉던 유언. 그것은 쓸데없이 긴 문장과 함축적인 표현들로 묘한 편안함과 긴장감을 동시에 주었다.

긴 침묵이 있었다.

피월려가 먼저 입을 뗐다.

"가 선배께서는 곧 죽을 것이라 생각하십니까?"

"나는 내 고향인 사천에서 죽을 것이다."

그는 자신의 죽음을 말하면서도 전혀 흔들림이 없었다.

피월려가 물었다.

"사천에 가는 이유는 빙정을 찾아 목숨을 연명하기 위함이 아닙니까?"

"맞다. 실낱같은 희망을 믿기에 간다. 하지만 아마 난 죽을 것이다."

피월려는 아랫입술을 살짝 깨물었다. 피가 나올 때까지 그는 힘을 빼지 않았다.

"당신은 악인입니다. 입구에 늘어진 시체들만 봐도 그것을 알 수 있습니다."

"안다."

"그런 요행이 당신에게 있을 것 같습니까? 하늘이 허락하시리라 믿습니까?"

"하늘은 악행을 단 한 번도 저지르지 않은 내 아들이 요절하는 것을 허락했다. 그렇다면 숱한 악행을 저지른 내가 장수하는 것도 허락할 것이다."

"아니요. 허락하지 않으실 겁니다."

"갑자기 선악 타령이군. 네놈은 마인 실격이다."

"도(道)를 넘었습니다. 넘어도 지독히 넘었습니다. 도저히 당신과 내가 같은 인간이라 생각되지 않습니다."

"난 천살성이다. 잊었느냐?"

"천살성도… 인간이지 않습니까?"

가도무는 처음으로 고개를 돌려 피월려를 보았다. 피월려는 고개를 숙이고 있었는데, 극양혈마공의 기운을 쏟아내는 눈동자가 묘하게 힘없어 보였다.

그런 그의 모습을 가도무가 보고 있었다. 가도무의 눈빛은 깊게 가라앉아 있었고, 그 속에 무엇을 숨기고 있는지 도저히 알 수 없는 무저갱과 같았다.

가도무가 툭하니 내뱉듯 말했다.

"아는 자들 중 천살성이 있느냐?"

정곡.

피월려는 마른침을 삼켰다.

"여자아이입니다. 아마 이제 열두 살이 됐을 겁니다."

"귀한 존재군. 처녀가 천살성인 경우는 극히 드문데 말이지. 처녀공(處女功)인 주령모귀마공(朱靈眸鬼魔功)을 익힐 수 있겠어. 매우 강해질 것이다."

"그러면 뭐 합니까? 괴물이 되는데."

"천만에. 천살가는 천살성을 인간으로 만드는 곳이다. 단언컨대 천살가의 교육만큼 천살성에게 사회성을 길러줄 수 있는 곳은 존재하지 않아."

"가 선배를 보면 도저히 믿을 수 없습니다."

"나는 마공의 영향으로 이렇게 된 것이다. 천살성의 영향도 부정할 수 없지만, 내 마공이 온전했다면 이런 식으로 무차별적인 살인은 하지 않았을 것이다."

"……."

"큭큭큭. 못 믿겠느냐?"

피월려는 한숨을 푹 내쉬었다.

"어떤 곳입니까?"

"어디가?"

"천살가 말입니다."

"천살성의 입장에서 말하면, '집'이라 느껴지는 곳이다. 나와 같은 생각을 하는 천살성들 사이에서 처음으로 다수에 섞이는 기분이지. 가족이란 단어도 이해할 수 있게 된다."

"흑설이도 그랬으면 좋겠군요."

"흑설? 그 아이의 이름이 흑설이냐?"

"예."

"이름을 들어보니 기녀 출생이군."

"그렇습니다만. 그것이 문제가 됩니까?"

"되고말고. 처녀가 아닐 수도 있지 않느냐? 아쉽구나. 주령모귀마공이라면 천살가의 입지가 더욱 확고해질 것인데."

"……"

천살가의 사고방식은 항상 이런 식이다.

타인과 공감하지 못하니 타인이 염려하는 부분을 모르는 것이다.

아니, 모른다기보다는 관심이 없는 것이다.

피월려는 다시 주제를 붙잡았다.

"그곳에 들어가기 위해서 시험이 있다고 들었습니다. 매우 위험하다고 들었는데, 맞습니까?"

가도무는 손짓했다.

"그건 와전된 부분이 있다. 시험을 통과하지 못하면 그냥 죽여 버리기 때문에 시험이 어렵다고 소문난 것이지. 사실 시험 자체는 어렵고 쉽고도 없다. 그저 천살성을 제대로 확인하는 것뿐이다."

"그렇다면 흑설이가 통과하지 못할 경우 죽임을 당한다는 겁니까?"

"그 아이가 진정한 천살성이라면 네가 걱정할 것은 아무것도 없다. 그 시험은 범인이면서 생각이 조금 비틀어졌다고 천살성 놀이를 하는 괘씸한 자들을 쳐내기 위해서 만들어진 것이니까. 하지만 내가 봤을 때 흑설이란 아이는 천살성인 것 같으니 염려하지 마라."

"그것을 어떻게 아십니까?"

"열두 살의 어린 여자아이가 천살성으로 의심 가는 행동을 했고, 그것이 안목이 좋은 네가 의심할 정도로 뚜렷한 것이라면 분명 천살성일 것이기 때문이다. 그 시기의 어린 여자아이들은 뇌가 너무 물렁해서 생각이 비틀어지면 뇌 자체가 비틀어질 정도로 예민하지. 그러니 진짜 천살성이든 무늬만 천살성이든 차이가 없다. 그냥 천살성이지."

생각이 비틀어지면 뇌 자체가 비틀어지는 예민함이라. 표현 방법이 조금 이상해서 그렇지, 그것만큼 어린 소녀의 예민함을 잘 표현한 것도 없다.

피월려는 고개를 끄덕였다.

"확실히 그런 것 같습니다."

"그 아이에겐 가장 좋은 길이다. 천살가 외에 천살성이 숨 쉴 수 있는 곳은 천하에 존재하지 않는다."

"좀 더……. 알고 싶습니다만."

"천살가에 대해서 말이냐?"

"예."

"그 아이에게 준 정이 많으냐?"

"……."

"대답하지 않는 것을 보니 많긴 많은가 보군. 네놈이 정을 준 아이라니. 혹 가족이냐?"

"아닙니다."

"그런데?"

"한 기녀가 곁에 두던 아이입니다."

"그 기녀의 딸이더냐?"

"아닙니다."

"하하. 어이가 없군."

"그렇게 말씀하시니 저와 정말로 연관이 없는 사람 같군요."

"같은 게 아니다. 연관이 없는 사람이다."

"……"

"잘 모르겠지만, 네놈 머릿속도 재밌는 꼴을 하고 있군. 크하하."

뭐가 그리 신나는지 가도무는 온몸을 흔들거리며 광소했다.

탁한 그의 웃음소리가 동굴에 메아리쳐 시끄럽게 울어댔지만, 피월려의 표정에는 일말의 미동도 없었다.

그는 그저 시선을 땅에 고정한 채로 깊은 생각에 잠겨 있었다.

또다시 긴 침묵이 있었다.

이번에도 피월려가 먼저 말을 꺼냈다.

"아들이 있었다 들었습니다만."

광소하던 가도무의 웃음이 흔적도 없이 사라졌다. 가도무
는 얼굴을 굳히며 나지막하게 말했다.

"그랬지."

"그럼 혈연의 정을 아시지 않습니까?"

"아니, 모른다. 그것은 오래전에 잊었다."

"잊었다면……. 전에는 아셨다는 말입니까?"

가도무는 눈길을 들어 과거를 회상했다.

"사천에서 내가 범인으로 살 때 있었던 아들이다. 내 천살
성은 그놈의 죽음으로 인해서 후천적으로 발화한 것이다. 만
약 내 아들이 죽지 않았다면 나도 평생 평범한 나무꾼으로 살
다 죽었을 것이다."

"복수는 하셨습니까?"

"병사(病死)했다. 복수고 뭐고 없지."

피월려는 혼란이 가득한 눈빛으로 가도무를 돌아보았다.

아들의 죽음이 그 아버지를 천살성으로 만들었다면, 그 죽
음이 가혹하고 지독할 것이라 생각했다. 때문에 피월려는 무
의식적으로 가도무의 아들이 타살당했다고 결론짓고 복수란
말을 꺼낸 것이다.

하지만 가도무의 아들은 원한을 가질 수 없는 비교적 평범
한 이유로 죽은 것이다.

만약 병사한 아들 때문에 아버지가 천살성이 된다면, 이 세

상에는 범인보다 천살성이 많을 것이다.

피월려가 물었다.

"그런 죽음에 어찌 천살성이 되셨습니까?"

"그런 죽음이었기에 천살성이 되었다."

"예?"

"천살성의 천살의 의미가 무엇이냐? 말 그대로 하늘을 죽이겠다는 뜻이다. 천살성의 살기는 본래 하늘을 향한 것이다."

"천살성의 마음은 하늘을 원망하는 마음이란 말입니까?"

"그 이상이다. 말 그대로 하늘을 죽이고 싶은 마음이겠지. 그런 마음을 인성으로 둔 자가 바로 천살성이다."

"우습습니다. 그냥 살인마 아닙니까?"

가도무의 입가가 살짝 벌어졌다. 이 정도로 건방진 어투를 들어본 적이 언젠지 까마득하다.

간덩이가 붓지 않고서야 저런 말을 할까?

화가 나기는커녕 머릿속에 무슨 생각을 하는지 궁금해질 뿐이다.

가도무는 호기심 어린 눈길로 피월려를 보았다. 피월려의 온몸을 휘감은 극양혈마공이 동굴을 모두 태워 버릴 듯한 기세로 불타오르고 있었다.

가도무는 빙그레 웃었다. 그리고 다시 고개를 돌려 정면을 향했다.

"살인마와는 다르다. 둘 다 살인을 즐기지만 살인마는 살인 행각 자체보다는 그로 인한 결과에 중독되어 있다. 때문에 자기의 살인 행각을 드러내고 자랑하지. 하지만 천살성은 그렇지 않다. 살인 충동을 벗어나기 위해서 살인을 하지. 자랑하지도 않고 감흥도 없다. 살인이 가장 손쉬운 답이니 그걸 선택하는 것뿐이다."

"꼭 본인이 천살성이 아닌 것처럼 말씀하십니다."

"그렇게 들릴 수도 있겠군. 천살성은 자기 스스로를 삼인칭으로 보는 데 익숙하니까."

"그렇습니까?"

"천살성에 대한 궁금증은 다 풀렸느냐?"

"아직입니다."

"뭐냐?"

"그럼 천살성은 선천적인 것입니까, 아니면 후천적인 것입니까?"

"천살가에서도 그 문제로 시끄럽지만, 내가 볼 때는 둘 다 다. 선천적으로 타고난 인간이 후천적인 경험을 통해 되는 것이 천살성이다. 그러니 희박하기 짝이 없지."

"……."

"네 질문이 끝이 났으면, 내가 하나 물어도 되겠느냐?"

"물론입니다."

"어떤 연유로 이리도 시건방을 떠는지 묻고 싶다."

피월려는 충격을 받았는지 눈동자가 동그랗게 변했다. 그는 즉시 자리에서 일어나 포권을 취하며 말했다.

"가 선배께서 그리 느끼셨다면 후배로서 죄송할 따름입니다."

가도무는 전혀 화를 내지 않았다. 오히려 눈빛에 더 호기심을 담았다.

"무의식적인 것이냐?"

"그럴 것입니다. 전 전혀 자각하고 있지 못했습니다. 용서해 주셔서 감사합니다."

"천살성은 누굴 용서할 수 없다. 난 애초에 화가 나지 않았다. 이리도 내 주변 가까이 앉아 두려움을 느끼지 않는 상대도 오랜만이거니와, 이처럼 내 말에 토를 다는 자를 만난 건 근 십 년 동안 없었다. 그러니 솔직히 뭐랄까……. 당황하고 있다."

"…당황, 말입니까?"

"그 단어 말고는 표현이 안 되는 감정이군."

"……."

"……."

천살성이 당황이라.

피월려가 물었다.

"가 선배, 괜찮으십니까?"

가도무는 땅이 꺼져라 한숨을 내쉬었다.

"전혀. 정서도 불안정하고 정신도 온전하지 못하다."

"후배가 도움을 드리고 싶습니다."

"내가 곧 죽는다고 여기 앉아서 말 상대를 해주고 있는 것만으로도 족하다. 마음 같아서는 지부로 돌아가고 싶지 않더냐?"

피월려는 거짓을 말하려 했지만 천살성에게는 거짓이 통하지 않는다는 것을 기억했다. 그는 마음을 돌이켜 사실대로 말했다.

"솔직히 말하면 그렇습니다. 가 선배께서 어느 순간 갑자기 마음이 바뀌시어 후배를 죽이려 하실지 염려됩니다."

"아마 그럴 일은 없을 것이다."

"그렇겠지요."

피월려의 대답에는 조금의 감정도 담겨 있지 않았다. 무미건조한 목소리였다.

가도무는 입술을 비틀었다.

"흥. 내 말을 믿지 않는구나."

"이해해 주시리라 믿습니다."

"뭐, 마음대로 생각해라. 난 상관없으니."

"그럼, 마기를 거두진 않겠습니다."

피월려의 마기가 한층 더 짙어졌다. 그것을 본 가도무는 피식 헛웃음을 흘렸다.

"네놈이 설마 정 때문에 나와 이렇게 대화하려는 것은 아닐 테고. 원하는 것이 무엇이냐?"

"티가… 났습니까?"

"대화의 방향을 슬며시 의도하더구나. 귀찮으니 그냥 말해라."

"그래도 괜찮겠습니까? 말씀하실 것이 많을 텐데요."

"괜찮다. 내게 원하는 것을 말해라. 무공이냐?"

피월려는 뜸을 들이다 이내 속내를 내비쳤다.

"가 선배의 독문무공은 가 선배가 돌아가시면 세상에서 사라집니다. 이 세상을 살다 간 흔적을 남기지 않으시겠습니까?"

"흥! 내 무공은 모두 천살성에 최적화된 것이다. 정서가 다른 네가 익힐 수 있는 것이 아니다."

"압니다."

딱딱한 어투였다.

가도무는 피월려의 얼굴을 보았다. 위아래로 한번 훑었고, 그것으로 그의 마음을 모두 읽었다.

"흑설… 이라 했나? 그 아이가 그토록 소중한 아이인가?"

"그냥 작은 안배를 해주고 싶습니다."

"네 마음은 알겠다. 하지만 그 아이도 익히지 못할 것이다."

"양강지공이기 때문에 그렇습니까?"

"잘 아는군."

"괜찮습니다. 그 부분은 제가 알아서 하겠습니다."

"크……. 큭큭큭. 그래? 큭큭큭. 아하! 네놈의 생각을 알겠 군. 천살성에 관계된 점은 흑설이란 아이에게 주고 양강지공에 관계된 점은 네놈이 빼먹을 생각이구나?"

피월려는 굳이 숨기려 하지 않았다.

"어차피 제가 쓰기도 흑설이 쓰기도 어려운 것이니, 분리하는 작업은 필요한 것입니다. 그 와중에 저와 흑설, 둘 다 이득을 보는 것뿐입니다."

"큭큭큭. 그래. 괜찮은 생각이군."

"물론 이 모든 것은 가 선배께서 무공을 주셔야 가능한 일입니다만."

"네놈이 중간에서 가로채는 건 마음에 들지 않지만, 흑설이란 아이에게 전해준다면야 내 말 못 할 이유가 없지. 천살가의 발전을 위해서라도 말해주마. 내가 익힌 마공 중에 천마신교에 존재하지 않는 독문마공이 하나 있다. 그 이름은 괴뢰지다."

피월려는 잠시 말이 없다가 나지막하게 중얼거렸다.

"역시… 하오문주가 스승님이셨군요?"

"오호라? 알고 있었더냐?"

피월려는 기억을 되살리며 설명했다.

"오십 년 전 사천에서 활동하던 간살색마(姦殺色魔)는 장공에 능했다 합니다. 그 마인이 선배님 아닙니까?"

"맞다. 마교에 입교하기 전의 이름이었지."

"입교하기 전, 사천당문의 추살을 받다가 입교했다 들었습니다. 그런데 입교하자마자 높은 자리에 오르시면서 천살지장이란 별호를 얻으셨습니다. 이는 입교하기 전, 어디선가 마공으로 된 지공을 습득하셨던 겁니다."

"그리고?"

"저는 지금까지 가 선배께서 낙양에 어찌 이리도 잘 숨어계셨는지 의아했습니다. 천마신교의 추격을 매번 따돌렸고 교주까지 직접 왔는데도 찾아내지 못했습니다. 그 뜻은 외부 세력의 도움을 받고 있다고 볼 수밖에 없습니다. 그것도 정보를 다루는 데 있어 타의 추종을 불허하는 세력이여야 합니다. 개방으로 볼 순 없고……. 따라서 하오문이라 생각했습니다. 뿐만 아니라 도둑들에게 묘장에 있는 영약을 훔치라는 의뢰도 할 수 있었습니다. 즉, 가 선배님께서는 하오문과 밀접한 관계를 유지하고 계셨던 겁니다."

"겨우 그걸로 추리한 거냐?"

"더 있습니다. 야랑채에서 제가 기절했을 때, 지부에서 도

주한 일급살수는 저를 죽이지 않고 도망쳤습니다. 죽이지 않을 이유가 없음에도 저를 죽이지 않았다면, 그것은 살수가 상전으로 생각하는 선배께서 저를 죽이지 말라고 했기 때문이겠지요. 이 또한 선배님과 살막 혹은 하오문과의 관계를 말해줍니다. 또한 무공 면에서 본다면, 전 괴뢰지의 지공을 눈으로 보았습니다. 그 지공을 유심히 관찰했고, 묘하게 선배님의 지공과 겹치는 것 같다는 생각이 들었습니다. 그리고 마지막으로, 그의 지공이 마공인 것을 알아차렸습니다."

"괴뢰지가 마공인 것을 어찌 알았느냐?"

"오 년 전, 그는 소림파의 무공을 훔치려 했습니다. 역혈지체를 이루지 못한 채 마공을 익혔기 때문에 그는 마공의 부작용을 이길 수 없었을 겁니다. 때문에 항마의 기운을 가진 소림파의 무공을 얻으려 한 것이지요."

가도무는 빙그레 웃었다.

"좋은 추리군. 여러 허점이 있지만, 썩 들어줄 만했다."

"무슨 허점이 있었습니까?"

"내 스승이 소림파의 무공을 훔치려 한 이유가 틀렸다."

"그럼 무슨 이유에서 소림파의 무공을 훔치려 한 것입니까?"

"괴뢰지를 완성하기 위해서 원형(原形)을 보고 싶었던 것이다."

"원형?"

"괴뢰지는 금강지(金剛指)의 발전형이다."

금강지.

소림파를 대표하는 지공(指功)으로 수천 년의 세월 동안 검증되고 또다시 검증된 절세절학이다.

어떤 자세에서도 인간의 모든 혈도를 공격할 수 있는 수단을 내포하여 최단거리에서 당해낼 무공이 없는 이 지공은, 익히는 것이 까다로울 뿐만 아니라 그 속에 담긴 해학도 어려워 소림파 내부에서도 익힌 사람이 손에 꼽을 정도로 적다. 그러나 대성한다면 그 하나만으로 초절정고수의 반열에 들었다 할 수 있을 최고급 외공이다.

피월려는 머리가 아파지는 것을 느꼈다.

소림파 무공의 발전형이 마공이라니? 피월려는 묻지 않을 수 없었다.

"소림의 해학에서 어찌 마공이 나올 수 있습니까?"

"스승은 파계승이다. 금강지를 익히다가 욕심을 부려 주화입마에 들었지. 그래서 파문당했다. 거기에 앙금을 품고 금강지를 연구하여, 금강부동심공(金剛不動心功)에 의지하지 않는 금강지를 만들었다. 그것을 괴뢰지라 칭하셨지. 괴뢰지는 금강지와 다르게 평정심을 유지하지 않아도 그와 동등한 위력을 낼 수 있다. 그러나 역시 뿌리가 잘린 나무는 마르게 마런. 괴뢰지는 익히면 익힐수록 기혈을 상하게 만드는 마공이 되었다."

"평정심이 없다면… 불심 없이 불계의 무공을 익히는 것이 가능하다는 겁니까?"

"스승은 그것을 평생 연구하여 괴뢰지를 만들었다. 자기 나름대로의 결과물이 있었겠지만, 네 말을 들어보니 그렇지도 않은 것 같구나."

"가 선배께서 보기엔 어땠습니까? 괴뢰지를 완성한 듯 보였습니까?"

가도무는 고개를 흔들었다.

"나는 낙양에 와서 스승을 직접 대면한 적이 없다. 하오문의 비호를 받았으나 스승은 얼굴을 내비치지 않았다. 내가 천살성임을 알고 그런 것이겠지."

"그렇군요."

고개를 숙이며 생각에 잠긴 피월려의 눈이 반짝 빛이 났다. 가도무는 그 모습을 물끄러미 보다가 툭하니 말했다.

"괴뢰지는 역혈지체를 이룬 마인이면 부작용이 없다. 스승은 약하디약한 무인이었지만, 금강지를 괴뢰지로 발전시킨 것만큼은 그에게 있어 천재적인 성과였지. 그러니 걱정할 필요 없다."

"그렇습니까?"

"네놈 뭔가 다른 생각을 하는구나?"

"아닙니다. 단지… 뭔가 연구할 것이 생각났습니다."

"그래? 그럼 괴뢰지는 필요 없더냐?"

"아, 그런 뜻이 아닙니다. 말씀해 주십시오."

가도무는 시선을 들었다. 그리고 눈을 살짝 감고는 서서히 괴뢰지의 구결을 읊기 시작했다. 피월려는 용안심공을 동원하여 그것을 머릿속 깊은 곳에 한 글자, 한 글자 모두 새겨 넣었다.

"다 외웠습니다. 감사합니다."

"뭐? 벌써?"

가도무는 놀랐다. 한 식경 동안 꾸준히 읊어야 할 정도로 긴 구결을 단 세 번만 듣고 모두 외웠다는 것을 믿을 수 없었기 때문이다.

피월려가 대답했다.

"용안심공의 도움을 받으면 외우는 것이 쉽습니다."

"그래? 역시 심공은 좋구나."

"그럼, 저는 지부로 귀환하겠습니다. 혹 더 남기실 말이 있습니까?"

"글쎄, 뭔가 손해 보는 기분이긴 하군. 흐음……."

가도무는 턱을 괴었다.

반각이 지나고.

일각이 지났다.

가도무가 말했다.

"그 검. 내가 쓰겠다. 내놔라."

피월려는 당황했다. 애써 표정을 다스렸지만 눈치가 빠른 가도무는 이미 그것을 알아차렸다. 피월려는 한숨을 쉬었고, 사실대로 말했다.

"여기에는 대장장이의 원혼이 담긴……."

"안다."

"……."

"그 산적 소굴에서 네놈이 긴장할 때부터 알아봤다."

"…그랬었습니까? 그런데 왜 저를 살려주셨습니까?"

"이런 순간이 올 줄 알았으니까."

"……."

"네놈만 이해득실을 따질 줄 안다고 생각하느냐?"

"……."

"지금 나는 내 마기를 통제할 수 없다. 그 검으로라도 억눌러야 한다. 어차피 이 지경까지 왔으니, 그 검의 원한과 마기는 내게 있어 독이기보다 약이다. 이독제독이지. 내놔라."

"……."

"내놓지 않으면 죽이겠다."

"여기 있습니다."

역화검을 주는 피월려의 가슴이 착잡해졌다. 신검합일과 어검술을 동시에 이뤄낸 역화검이다.

그것을 잃어버린다면 또 다른 검을 찾아 다시금 신검합일과 어검술을 동시에 이뤄내야 진정한 무형검을 얻을 수 있다.

하지만 어쩌랴. 지금 가도무는 진심이다.

가도무가 말했다.

"얻는 것이 있으면 잃는 것 또한 있는 법이다. 너무 나쁘게 생각하지 마라."

피월려는 피식 웃었다.

"역시 세상 모든 일이 생각대로 흘러가진 않는군요. 한 가지 묻고 싶습니다."

"뭐냐?"

"왜 그냥 가져가지 않으셨습니까?"

"네가 네 입으로 말하지 않았느냐? 흔적을 남기라고. 나도 이 세상에 내 흔적을 남기고 싶다."

"괴뢰지 말입니까. 그래서 제 검을 호의적으로 뺏을 명분이 필요했던 것이군요?"

"그래. 잘 아는군."

"정신이 온전하지 않은 것이 맞습니까? 심계에 있어 부족함이 보이지 않습니다만."

"내가 심계를 쓴다는 것 자체가 정신이 이상한 것이지."

"......"

"죽음이 두려워진 것이다. 이 천살지장이 말이다."

"......"

"이제 됐다. 나가라. 만에 하나 내가 빙정을 취하고 육신을 보존한다면 또 만나게 될 것이다."

"알겠습니다. 그러면 무운을 빕니다."

"거짓이 지겹지도 않더냐? 어서 가라."

"......"

천살성은 거짓말이 통하지 않는다.

피월려는 머쓱한 표정으로 포권을 취하고는 그 동굴에서 나왔다.

*　　　　　*　　　　　*

피월려는 묘장에 도착했다.

그의 몰골로 성문을 통과하는 것은 불가능했기 때문에 묘장에 있는 입구로 지부에 들어가기 위함이었다. 하지만 미내로는 집에 없는 것 같았다. 그녀가 있었다면, 흑노가 묘장의 입구를 지키고 서서 팔짱을 낀 채로 정면을 노려보고 있을 이유가 없기 때문이다.

피월려는 흑노에게 다가갔다. 그러자 흑노가 시선을 맞추며 느릿하게 말을 꺼냈다.

"주인 없다. 들어올 수 없다."

피월려는 흑노 앞에 섰다.

"기다리지요. 그건 괜찮습니까?"

"들어오지 않는다면 상관하지 않는다."

"알겠습니다."

흑노는 시선을 옮겨 정면을 향했다. 그리고 나무처럼 우두 커니 서서 미동조차 하지 않았다. 피월려는 그를 물끄러미 보 다가 말했다.

"강시가 된 기분은 어떻습니까?"

흑노가 다시 고개를 돌려 피월려를 보았다. 그의 얼굴은 감 정이 담겨 있지 않았다.

"나는 내 기분을 느낄 수 없다."

"왜 그렇습니까?"

"허락되지 않았다."

"그래도 말씀은 하지 않습니까?"

"일부 사고만 허락됐을 뿐이다."

"사고(思考)만 허락하고 감정은 느끼지 못한다는 말입니까?"

"천투를 위함이다."

피월려는 이해했다.

혹노가 말을 할 수 있을 정도로 생각이 가능한 이유는 그 정도의 사고는 전투에 도움이 되기 때문이다. 즉, 철저하게 전투를 위해서 그에게 작은 자유를 허락한 것이지, 정이나 다른 이유가 아니라는 뜻이다.

피월려는 잠시 진설린에 대해서 생각했다.

"혹 진설린 소저를 아십니까?"

"기억한다."

"어떻게 아십니까?"

"추인의 강시이지 않느냐."

"그럼 그녀도 미내로 대주의 지배를 받고 있겠군요?"

"아니다."

"다릅니까?"

"태음강시는 추인이 없다."

"태음강시?"

피월려는 어렴풋이 그 단어가 기억났다. 어디선가 들었던 것 같은데, 도대체 누가 말했고 어떤 상황이었는지까지는 생각이 나질 않았다.

피월려의 반문에 혹노가 대답했다.

"생강시는 자유롭다. 스스로가 추인이다."

"그렇습니까? 그것 참 다행이군요."

"나와 내 형님도 언젠간."

"예? 형님이라요?"

갑자기 흑노의 눈동자가 빙그르르 돌아갔다. 그 모습이 매우 괴기하여 피월려는 눈살을 찌푸렸다.

흑노는 눈을 껌벅껌벅 뜨더니 다시 말했다.

"형님이라니."

"방금 그리 말씀하시지 않으셨습니까?"

"말하지 않았다."

"하지만……."

피월려가 말하는 도중 흑노가 갑자기 옆으로 움직여 입구에서 비켜섰다.

피월려는 뒤를 돌아보았고, 먼발치에서 천천히 걸어오는 미내로가 보였다.

한 걸음마다 지팡이를 땅에 박으며 오는 것만 보면 영락없는 노인일 뿐이지만, 그 실상은 기묘한 마법을 사용하는 강력한 좌도인이다.

미내로의 옷차림은 깨끗했다. 하지만 양손 끝에 굳은 피가 묻어 있는 것을 보면, 지금까지 시체를 연구하다 온 것처럼 보였다.

그녀는 피월려를 발견하자 물었다.

"네가 어쩐 일이냐?"

피월려가 포권을 취했다.

"안녕하십니까? 지부로 들어가기 위해서 찾아왔습니다."

"뭐라? 이곳이 네놈이 들락날락거리는 입구인 줄 아는 것이냐?"

"죄송합니다. 하지만 이 몰골로 성안에 들어가기는 힘들 것 같습니다."

미내로는 피월려를 위아래로 훑어보았다.

"무슨 일이 있었던 것이냐?"

"급히 마기를 써야 할 일이 있었습니다. 그러다 보니 옷이 모두 천 쪼가리가 되었습니다."

"쯧쯧쯧. 알겠다. 우선 들어와라. 여벌의 옷이 있을 테니 갈아입고. 흑노. 넌 이제 자리로 돌아가라."

흑노는 말없이 움직여 그곳을 벗어났고, 미내로는 그를 보지도 않고 안으로 들어가 버렸다.

피월려는 서둘러 그녀를 따라 걸음을 옮겼고, 나무집 중앙에 위치한 의자에 앉아 옷을 갈아입었다. 낙양인이 흔히 입는 장삼이었다.

미내로는 한쪽에 지팡이를 내려놓고는 말했다.

"린아의 음기가 강해져 네가 수고하는구나."

"아닙니다. 린 매의 마법은 어떻습니까? 잘되어가고 있습니까?"

"아니, 전혀."

딱 잘라 말하는 그 어투에는 딱히 실망감이 엿보이지 않았다.

결과물이 전혀 없는 것에 대해서 완전히 초연한 것처럼 들렸다.

"계속 가르치실 작정입니까?"

"그 아이가 좋아하고 나도 좋으니, 그리할 생각이다. 차 한 잔 들겠느냐?"

"아닙니다. 신세를 지고 싶지 않습니다."

"뭐, 마음대로 해라."

"그러면 린 매는 마법을 사용할 수 없습니까?"

"글쎄. 그건 그 아이에게 달린 것이지. 마법이란 것은 묘하기 짝이 없다. 내 동문 마법사 중 하나는 평생 마법을 사용하지 못해서 연구에만 몰두했다. 그러다가 죽을 때가 돼서 딱 한 번 마법을 사용했는데, 그것은 금지된 마법만큼이나 강력한 마법이었다. 그는 그가 가진 모든 재능과 평생의 노력을 단 하나의 마법에 쏟아부어 실행했다. 그리고 죽었지."

"……."

"마법이란 원인과 결과가 매우 불투명하다. 결과가 없다고 그냥 관두기에는 너무 매력적인 학문이다. 그리고 어느 정도는 결과가 나오지 않느냐? 더 이상 음기가 들어갈 자리가 없을 정도로 완벽한 음기를 지닌 천음지체가 더욱 강한 음기를 품게 되지 않았느냐? 이것만 봐도 뭐가 있어도 있는 게지."

"그렇군요……."

피월려의 눈빛이 어두운 것을 눈치챈 미내로가 물었다.

"뭔가 하고 싶은 말이 있는 것이냐?"

"제게 양기를 공급하던 역화검을 잃었습니다. 이젠 제 본신 내력으로 양기를 충당해야 할 것 같아 걱정이 되는군요. 혹 저에게도 마법을……."

"네게 마법을 가르칠 이유도, 책임도, 욕심도, 의무도, 목적도 없다."

"……."

"하지만 네가 린아의 음기를 감당하기 어려우면 그 아이에게도 피해가 가니 도움은 주마. 음양합일을 하기 전, 네 속에 남은 음기를 모두 태워 버려라."

"예?"

"육체에 남은 음기란 음기는 모두 없애 버리라는 말이다. 그리고 온전한 린아의 음기로 네 몸을 적셔놓는 것이다. 순수한 음양은 마찰이 존재하지 않는다. 그 속의 불순물이 마찰을 일으켜 내력의 낭비를 촉진하는 것이다. 몸에 남아 있는 음기를 모두 없애고 린아의 순수한 음기로 채우면 내력의 낭비를 최소화할 수 있을 것이다."

"하지만 음기를 모두 태워 음기가 존재하지 않게 된다면 그 순간 죽습니다."

"그 순간 음기를 받으면 될 일이지."

"말로는 알겠습니다. 하지만 직접 하기에는 너무 위험부담이 큽니다."

"그건 네가 결정할 일이니 내가 상관할 바가 아니다. 난 그저 다른 양기의 도움 없이 네 내력을 보호할 수 있는 유일한 방법을 말해준 것뿐이다."

"……"

피월려는 턱을 괴고 고민하기 시작했다. 그것을 본 미내로는 그의 사색을 방해하지 않았다.

반 시진이 흐르고 피월려가 상념에서 벗어났다. 감긴 눈을 스르르 떠 주위를 보니, 저만치에서 두꺼운 서적을 읽고 있는 미내로가 보였다.

피월려가 포권을 취하며 말했다.

"충고 말씀 감사합니다."

미내로는 그를 돌아보지도 않고 대답했다.

"명상이 끝났으면 가봐라."

그녀는 살포시 눈살을 찌푸렸는데, 피월려가 단순히 말을 건 것조차도 짜증을 낼 정도로 예민한 듯 보였다.

그 서적이 무엇이든 간에, 미내로가 모든 신경을 집중하지 않으면 일말의 단어도 제대로 읽을 수 없을 정도로 난해한 것일 터다.

　피월려는 속삭이듯 인사했다.

　"안녕히 계십시오."

　피월려는 그녀의 독서를 방해하지 않기 위해서 최대한 소리
를 죽이고는 바닥에 있는 문을 통해 지부로 들어섰다.

제사십이장(第四十二章)

크게 주(主) 자가 쓰여 있는 방문.

천마신교 낙양지부의 지부장인 서화능의 처소이다. 처음 지부에 발을 들였을 때 이곳에 왔던 것이 생각났다. 천마신교의 낙양지부라는 것도 모른 채 그저 스승님의 동문이자 원수로 알고 있던 서화능을 만났었다.

몇 번의 대화가 오갔고 그 뒤로는 일 외적인 부분을 이야기한 적이 없었다.

피월려도 서화능도 조진소라는 연결 고리가 있었지만, 그들 중 누구도 그에 관해 대화하고자 하지 않았다.

지부가 급박하게 돌아간 것도 있었지만, 피월려와 서화능 둘 다 딱히 조진소에 관해 대화할 생각이 없었기도 했다.

피월려는 이전의 조진소가 궁금했고 서화능은 이후의 조진 소가 궁금했다.

하지만 그것에 대해 묻기에는 너무나도 거리가 먼 사이였 다.

피월려는 한동안 방 앞에 서서 들어가지 못했다. 단순히 임 무 결과를 보고하는 것이면 서화능이 아니라 일대주인 박소 을을 통해서 하면 그만이다.

피월려가 서화능에게 직접 찾아왔다는 것은 결국 사적으 로 대화하기 위함이라는 뜻이다.

하지만 그는 애써 임무 결과를 보고하기 위해 이곳에 왔다 고 스스로를 합리화시켰다.

자존심인지 아니면 두려움인지 모를 것이 가슴속에서 그의 생각을 그렇게 만들었다.

피월려는 크게 심호흡을 하고 방문을 열었다.

그러자 박소을의 방과는 다른 밝은 빛이 사방에서 눈을 따 갑게 만들었다.

다른 평범한 집과 비교했을 때 비슷한 수준의 밝기였지만 어둑한 복도에 익숙해진 눈동자는 그 빛을 온전히 담지 못했 다.

곧 눈이 익어 서화능의 모습이 보이기 시작했다. 그는 전과 다를 것이 없는 모습으로 앉아 책상에 놓인 긴 검을 천으로 닦고 있었다.

검을 깨끗이 하는 것이 목적이라기보다는 정신을 가다듬고 있는 것 같았다.

얼굴에 가득한 근심과 지친 눈동자는 그가 최근에 얼마나 피로했는지 잘 말해주고 있었기 때문이다.

피월려는 고개를 숙이며 포권을 취했다.

"서화능 지부장님을 뵈옵니다."

서화능의 처진 눈에 생기가 돌았다. 그는 피월려가 방 안에 오는 것을 전혀 예상하지 못했는지, 검을 닦던 손길을 멈추고 높은 어조로 물었다.

"피월려? 여긴 무슨 일이냐?"

피월려가 자리에 공손히 앉으며 대답했다.

"임무를 마치고 돌아오는 길에 들렀습니다."

그렇게 말하는 피월려의 눈길은 서화능이 닦고 있던 검에 고정되어 있었다.

상관에게는 함부로 눈을 마주치지 않는 것이 중원의 예의인지라 시선을 조금 아래로 둔 것이다. 하지만 서화능은 그가 검에 관심이 있다고 생각하고는 다시 검을 닦기 시작하며 말했다.

"그런가? 그런데 검을 쓰지 않는 내가 검을 닦고 있으니 이 상하게 생각할 법하군. 하지만 이건 나의 것이 아니다."

검.

지극히 사적인 주제다.

서화능은 피월려가 사적인 이야기를 하러 이곳에 왔다는 것을 단박에 알아챈 것이다.

피월려는 그런 그의 말투에서 묘한 괴리감을 느꼈다. 사적인 대화를 하는 서화능은 지금껏 생각해 온 서화능이란 인물과는 뭔가 다른 느낌이 들었기 때문이다.

피월려가 대답했다.

"저도 지부장님의 것이라 생각하지 않았습니다. 그건 여인의 검이 아닙니까?"

"잘 아는군."

"누구의 것입니까?"

"한때 정인이었던 여인의 것이다. 그녀는 네 스승의 정인이기도 했지."

피월려는 그의 스승인 조진소에 관해 알게 된 새로운 사실에 놀람을 감추지 못했다.

"서로 연적이셨습니까?"

"그렇게도 볼 수 있겠군. 하지만 네 스승은 동의하지 않을 것이다."

"왜 그렇습니까?"

"그는 그의 연구에만 몰두했지, 그녀의 사랑에는 전혀 관심이 없었다. 그녀가 진실로 사랑한 남자가 자기라는 것도 아마 몰랐을 것이다. 그녀는 버려졌고 결국 내게 왔지만, 평생 조진소를 잊지 못했다. 결국 생을 포기했지."

"자살을 했단 말입니까?"

"아니. 생명을 버리고 물건이 되었다. 바로 이 검이지."

피월려는 이해하기 어려웠다.

"검이 그 여인이라는 겁니까? 그것이 무슨 말입니까?"

검신을 쓸어내리는 그의 손길은 매우 부드러웠다. 그것을 바라보는 눈빛에는 아련함이 가득했다. 서화능의 입은 굳게 닫혀 있었다.

피월려는 잠시 망설였다.

하지만 결국 묻기 위해서 서화능을 만나러 온 것이니 묻지 않을 수 없었다.

끝내 피월려의 입술이 열렸다.

"청룡궁은 어떤 곳입니까?"

서화능의 손길이 순간 멈췄다. 그러곤 다시 움직이기 시작했다.

"조진소 그놈이 정신이 나가긴 단단히 나갔군. 외부인에게 그 단어를 말하다니 말이야."

서화능의 눈빛에는 실망감이 엿보였다. 피월려는 울컥하는 기분을 그대로 드러냈다.

"스승님을 모욕하지 마십시오. 스승님께 들은 것이 아닙니다."

쿵!

서화능은 분노한 듯 책상을 내리쳤다.

"그럼 그 단어를 어디서 들었다는 것이냐? 네 스승이 아니고서야 그 단어를 말할 자는 없다!"

"용조라는 인물입니다."

"용조? 그자가 누구냐?"

"살막의 살수 중 하나입니다."

"그자가 어찌 청룡궁을 아느냐?"

"그자의 주장으로는 스스로를 용이라 했습니다."

"뭐?"

서화능은 믿을 수 없다는 표정으로 피월려를 보았다. 피월려는 차분히 말을 이어나갔다.

"그가 그의 입으로 말했습니다. 자기는 용이며 청룡궁의 배신자를 찾기 위해서 낙양에 왔다 했습니다. 그 배신자가 바로 서화능이라는데, 그것이 사실입니까?"

서화능의 눈동자가 지진이 난 것처럼 흔들렸다. 크게 낭패한 사람처럼 얼굴을 잔뜩 일그러뜨렸다.

그는 숨을 거칠게 내쉬며 한동안 분노를 삭였다. 그러더니 독백하듯 중얼거렸다.

"올 게 왔군……."

"지부장님. 그의 말이 무슨 뜻입니까? 또한 청룡궁은 어떤 곳입니까?"

"네가 알 바 아니다."

"제 스승님의 사문입니다."

"네 사문은 아니지."

"그럼 이것은 알려주십시오. 제가 익힌 용안심공은 청룡궁의 무공입니까?"

"그것은 조진소의 것이다. 청룡궁에는 무공이 없다. 그것은 무림방파가 아니다."

"그럼 무엇입니까? 용들이 모여 사는 용의 거처입니까?"

"…어디까지 아는 게냐?"

"모릅니다. 아무것도."

"……."

"알려주십시오."

서화능은 빤히 피월려를 보았다. 깊은 그의 눈동자 안에는 거친 광기가 맴돌고 있었다. 피월려는 그 눈동자를 어디선가 봤다고 느꼈다.

오래전 아버지의 사냥을 도와주러 나갈 때면 가끔 맹수를 만나곤 했다.

맹수들은 영리하여 그와 그의 아버지가 사냥꾼임을 즉시 알고, 일전태세를 갖춘다.

적을 죽이기 위한 온갖 살심을 끌어 올리지만, 그것을 감추기 위해서 차가운 눈동자 아래 가둬놓는다. 딱 그때의 눈동자가 서화능의 것과 같았다.

피월려는 직설적으로 물었다.

"절 죽일 생각을 하십니까?"

눈동자 안의 살기가 풀려 감탄으로 변했다.

"내 살기를 보았느냐?"

"예."

"대단하군. 내가 감춘 살기를 보다니. 용안심공의 위력은 짐작할 수 없군."

그의 경험에 빗대어 알게 된 것이지만, 용안심공의 도움이 없었다면 서화능의 눈동자를 자세히 볼 수도 없었을 것이다. 엄밀히 말하면 서화능의 말이 맞다.

피월려가 물었다.

"왜 저를 죽이려 했습니까?"

"청룡궁의 비밀은 인간이 알아선 안 되는 것이기 때문이다."

"하지만 망설이셨습니다."

"네가 인간인지 아닌지 제대로 판단이 서지 않았기 때문이다."

"그것이 무슨 뜻입니까?"

"용안심공은 인간에게 용안을 제공한다. 용안을 가진 인간은 인간이라 해야 할지, 아니면 용이라 해야 할지 모르겠군. 이래서 조진소의 연구를 내가 그리 반대했거늘. 결국 네놈같이 애매모호한 놈이 나와 버렸어."

"그 말뜻은 정말로 용이시라는 말입니까?"

서화능은 잠시 뜸을 들이더니 곧 대답했다.

"그렇다."

피월려는 경악했다.

"무슨……."

"놀랄 것 없다. 조진소의 생각에 따르면 그저 특이한 체질을 가진 인간일 뿐이니까. 그리고 용안심공이 완성된 것을 보면, 그의 생각이 옳다는 것이 증명되었군."

"그럼 용이라는 것은 어떤 특이체질을 가진 인간을 일컫는다는 말입니까?"

"그만. 이제 더는 알 필요 없다."

"제 스승의 사문이고, 그 사문의 무공을 익힌 저입니다. 제가 왜 알 필요가 없습니까?"

"네놈을 살려두는 유일한 이유는 네놈이 용일 수도 있다는 판단에서다. 하지만 용이라는 확실한 증거가 없는 이상, 청룡궁에 대해서 더는 발설할 수 없다. 정 알고 싶으면 용조라는 자에게 물어라. 그자가 네놈에게 이미 알려준 것을 보아하니, 그자는 네놈을 용이라 생각하는 것 같군."

"……"

단호한 말투에는 강한 의지가 담겨 있었다.

용이나 청룡궁에 대해서 어떤 것을 물어도 대답하지 않을 것이 분명했다.

서화능은 검날을 다시 쓸어내리며 말했다.

"더는 해줄 말이 없으니 나가라. 임무 보고는 직속상관인 일대주에게 해."

서화능의 축객령에 피월려는 주먹을 꽉 쥐었다. 청룡궁에 관한 궁금증은 잠시 접어둘 때다.

피월려는 이곳에 온 또 다른 이유를 말했다.

"할 말이 있습니다."

"뭐냐?"

"전에 제가 올린 성과의 보상을 아직 받지 못했습니다."

"무슨 성과?"

"비도혈문의 일 말입니다."

"그 보상으로 네가 외출하지 않았느냐?"

"외출권은 비도혈문에 관해서 책략을 제출한 대가로 얻

은 것입니다. 그것을 성공적으로 이끈 것과는 별개의 것입니다."

"한 가지 일을 가지고 원인과 결과, 이 둘을 따로 보상받을 순 없다. 그것은 확실히 한 번의 외출을 보상으로 하기에는 적지 않은 공이지만, 네가 직접 네 입으로 외출권을 요구한 이상 마무리된 일이다. 더 얻을 보상은 없다."

"그렇다면 소림파에 관한 일은 어떻습니까? 교주님을 도와 소림파를 멸문에 이르게 하는 데 있어서 올린 공 말입니다. 그것에 관한 보상도 아직 받지 못했습니다."

"그것은 일대주와 상의하라."

"어차피 지부장님의 허락이 필요한 보상을 요구하고자 이렇게 말하는 것입니다."

서화능은 묘한 눈길로 그를 내려다보았다. 그의 허락이 필요한 보상이라 하니, 무엇을 요구할지 짐작할 수 없었기 때문이다.

"무엇이냐?"

"소림파의 무공을 보고 싶습니다."

서화능의 얼굴이 의문으로 물들었다.

"소림파? 불문의 무공은 마공과 극상성이다. 그것을 봐도 아무것도 얻지 못할 것이다."

서화능의 말이 정확했다.

소림파의 무공은 모두 불문의 무공으로 불문의 기본 사상인 중도(中道)와 평정심(平靜心)을 기반으로 한다.

어느 한곳에 치우치지 않고 부동(不動)과 무상(無想)으로 모든 것을 대하는 불심의 무공이다. 따라서 극한으로 치우치는 광기를 이용하며 마기를 생산, 그것을 무공에 접목시킨 마공과는 근본적으로 다르다.

생각하고 생각하고 또 생각하여 단 하나만을 생각하는 것에, 생각하지 않고 생각하지 않고 또 생각하지 않아 아무것도 생각하지 않는 것을 덧붙일 수는 없는 노릇이다.

하지만 피월러에게는 반드시 소림파의 무공을 봐야 하는 이유가 있었다.

"꼭 봐야 하는 것이 있습니다. 소림파와의 일전에서 어떤 깨달음이 있어 그것을 불문의 시각으로 해석하고자 합니다."

"그러다 자칫 실수하면 네가 가지고 있던 마공을 잃어버릴 수도 있다. 그 정도로 불문의 무공은 마인에게 치명적이다. 소림파의 무공 중 하나라도 마음 깊이 이해해 버리면 그 영향에서 절대로 자유로울 수 없을 것이다."

"그렇게 된다 하더라도 상관없습니다. 제겐 필요한 일입니다."

피월러의 눈빛에는 확고한 의지가 엿보였다. 서화능은 그것을 보면서도 이해가 가질 않는지 의심의 눈초리를 거두지 않왔다.

"소림의 무공 중 무엇을 보고자 하느냐?"

"꼭 선택해야 합니까? 깨달음의 윤곽이 희미하여 여러 문서를 참고하고 싶습니다만. 소림의 무공이 정통 마공이 아닌 이상, 또한 노획한 물건인 이상, 제가 그것을 관람하는 데 있어 큰 문제가 없다고 봅니다."

서화능도 피월려의 말이 맞는다는 것을 잘 알았다.

태생마교인도 아니고 아직 충성심도 완전히 인정받지 않은 피월려가 관람하지 못하는 것은 오로지 정통 마공이나 최상급 마공에 한한다.

마교에게 있어서는 쓰레기에 지나지 않는 소림파의 무공을 읽는 걸 허락하지 않을 이유가 없다.

한 가지 걸리는 점이 있다면, 소림의 무공을 밖으로 유출하는 것이다.

중원에서는 소림의 무학을 탐내는 사람이 밤하늘에 별처럼 많았고 그들은 소림의 무학이라면 집안의 가보라도 바칠 것이다.

서화능은 한 가지 조건을 내걸기로 결정했다.

"좋다. 하루를 주겠다. 대신 감시인을 옆에 붙일 테니 그 점은 네가 감수해야 할 것이다."

피월려는 포권을 취했다.

"감사드립니다."

"그럼 이제 용무는 끝난 것이냐?"

"예."

"그럼 밖에 나가 기다려라. 감시인이 올 것이다."

어딘가 숨어 있는 이대원이 소식을 전하러 간 것이다. 피월려는 포권을 취하며 자리에서 일어났다.

"존명."

서화능은 검으로 시선을 돌렸고, 피월려도 곧 방 밖으로 나갔다.

*   *   *

어둑한 복도에서 홀로 서성거리니 점차 정신이 몽롱해지는 기분이 들었다.

아무리 거칠고 질긴 맹수의 가죽이라고 해도 습한 날이면 물기가 서서히 속에 침투하듯, 복도의 환각은 피월려의 용안심공을 뚫고 서서히 그의 정신을 잠식해 나가기 시작했다. 조금씩 스며드는 환각은 어찌할 방도가 없었다.

서서히 걱정이 될 즈음, 멀리서 한 인물이 걸어오는 것이 보였다.

나이가 삼십 정도로 보이는 그 남자는 긴 장검을 허리에 찬 채로 걸어오고 있었는데, 중원 어디서나 찾아볼 수 있는 평범한 인상을 가지고 있었다. 다만 날카로운 눈빛 속에 도사리는 차가운 눈동자는 그가 녹록지 않는 무림인이라는 것을 잘 말해주고 있었다.

그 남자는 피월려보다 조금 큰 키에 조금 큰 체구를 가지고 있었고 걷는 모습이 남자다웠다.

짧은 머리에 시원한 이목구비가 그 남자다움을 더하고 있었다.

그가 피월려에게 다가와 포권을 취했다.

"안녕하십니까?"

뜻밖의 쾌활한 목소리다.

첫인상과는 너무나도 다른 목소리라, 그 때문에 인상이 달리 보일 지경이었다. 다소 신경질적으로 보였던 눈매는 어느새 축 처져 순수함을 담았고 서늘한 눈동자는 밝은 빛이 반짝였다.

용안심공이 아니라면 그러한 변화를 눈치채지 못하고 그저 무의식적으로 넘겼을 것이다.

"피월려라 하오. 감시인이 되시오?"

그 남자는 맑게 미소 지었다.

"그렇습니다. 구양모라 합니다. 제오대 제삼단의 단주를 맡고 있습니다."

"아, 나 선배의 아래 계시오?"

"나 대주에게 말씀 많이 들었습니다."

"흐음, 그렇소? 뭐라 했소?"

"생사혈전을 청하려면 적어도 지마를 넘은 뒤에 하라고 충고하시더군요."

"뭐라 물었기에 그런 말을 하셨소?"

"당연히 생사혈전을 청하고 싶다고 했었죠."

"……."

"……."

피월려의 표정이 굳자, 구양모는 어색한 표정을 지으며 손사래를 쳤다.

"오해하지 마시길. 현재 저는 그저 제일대에 속하는 것을 목표로 하고 있어 가장 최근에 제일대에 입대하신 피 대원을 목표로 삼은 것뿐입니다."

부드러운 말투였으나 그 속에 뼈가 있다. 피월려는 굳은 표정을 풀지 않으며 대답했다.

"본 교에서 생사혈전으로 직위를 올리는 것은 당연한 일. 나는 마음 쓰지 않소."

"제대로 마음 쓰는 표정이었습니다만?"

"……."

"이해합니다. 본 교에 익숙하지 않으신 이상 자기에게 생사혈전을 걸겠다는 사람이 반가울 수는 없지 않겠습니까?"

"그것을 이해한다니 내가 구 단주에게 경계를 놓지 않는 것 또한 이해하시리라 믿소."

"오히려 그 편이 좋습니다. 어차피 지금 전 감시인으로 온 것 아닙니까? 그럼 길을 안내하겠습니다."

구양모는 비웃음인지 아니면 정말로 웃는 것인지 모를 미소를 남기며 몸을 돌려 걷기 시작했다.

묘하게 기분이 나쁜 사내다.

피월려는 그를 따라 한참을 걸었다.

그러다가 복도의 최면이 강해지는 것 같아 창문을 흘겨보았는데, 그 빛이 붉게 물들어 있었다. 마음이 초조했지만 피월려는 정신을 차렸다.

생로가 아니라 완전한 사로를 걸었던 그다.

그때의 깨달음을 떠올리며 정신을 가다듬으면 얼마든지 이 최면을 벗어날 수 있었다. 문제는 시간이 필요하다는 것인데, 아군보다는 적군에 가까운 구양모에게 그것을 말할 순 없었다.

그는 걱정스러운 마음을 애써 달래며 구양모의 뒤를 쫓기 위해 앞을 보았다.

그런데 어느새 구양모는 뒤돌아 피월려를 정면으로 응시하고 있었다.

"무슨 일이시오?"

피월려가 물었으나 구양모의 표정에는 아무런 변화가 없었다. 그리고 시작된 묘한 정적은 피월려로 하여금 뭔가 이상한 위화감에 휩싸일 정도로 길었다.

피월려가 뭐라 말하려 하는데, 구양모가 툭하니 내뱉듯 말했다.

"정신이 어떠십니까?"

피월려가 미간을 찌푸렸다.

"갑자기 그것을 왜 묻는 것이오?"

"창문을 돌아보는 것을 보았습니다."

"구 단주가 걱정할 만한 단계는 아니오."

"걱정할 만한 단계로 보입니다만?"

"무슨 말이 하고 싶은 것이오?"

"제가 알기로 피 대원의 주력은 용안심공이라 들었습니다. 마음과 정신의 무공이라지요. 그렇다면 이처럼 환각 때문에 정신이 몽롱한 상태라면 그 위력이 심히 반감되지 않겠습니까?"

"……"

"그렇다면 피 대원의 전체적인 무공도 반감되겠습니다. 아닙니까?"

"……"

"……."

기분이 나빴던 이유를 알겠다.

복도의 환각으로 잘 느낄 수 없었지만, 이 남자는 살기를 풍기고 있다.

누가 먼저라 할 것도 없었다. 그 둘은 동시에 검을 뽑았다.

그 즉시 피월려는 깨달았다. 손에 잡혀야 할 역화검이 허리에 없다는 것을.

피월려는 구양모가 이토록 공격적으로 나온 이유를 알 것 같았다.

무형검을 쓰는 그가 검이 없고, 또한 정신이 몽롱하여 용안심공의 위력이 반감되는 이때야말로 생사혈전을 하기 가장 최상의 순간이기 때문이다.

피월려의 표정이 낭패함으로 물들었다. 그런데 그때, 하늘에서 검은 그림자가 같은 것이 툭하니 떨어졌다.

"구 단주. 오랜만입니다."

익숙한 여인의 목소리. 주하다. 구양모는 뜻밖이라는 듯이 되물었다.

"주 소저?"

주하는 즉시 용건을 말했다.

"혹 피 대원에게 생사혈전을 청하려 하시는 겁니까?"

구양모의 안색이 처음으로 나빠졌다.

"내가 하든 말든 주 소저가 관여할 바가 아니오."

"물론 그렇습니다. 하지만 그 전에 본 교에 입교하셔서 아직 생사혈전을 한 번도 치르시지 않은 피 대원에게 정확한 생사혈전에 관한 율법을 말씀드리려는 것뿐입니다."

주하는 구양모를 옆에 두고 고개를 획 돌려 피월려를 보며 다시 말을 이었다.

"직속상관의 명령을 불복종하는 상황이 아니라면, 도전을 받은 상급자는 현재 맡은 임무가 없어야 하며 미미한 경상을 제외한 중상일 경우 생사혈전을 미룰 수 있습니다. 만약 그렇지 않다 해도 최대 삼 일을 미룰 수 있습니다."

"삼 일이라 하면?"

"직속상관도, 혹은 명령불복종도 아닌 지금과 같은 상황이면 당장 생사혈전을 할 필요가 없다는 것입니다."

피월려는 이해했다는 듯이 고개를 크게 끄덕였다.

구양모는 피월려가 생사혈전에 관한 율법을 잘 모를 것이라 판단하고 그가 극도로 불리한 이 상황에서 어떻게든 생사혈전을 성사시키고자 한 것이다.

만약 주하가 중간에 나타나지 않았다면 그런 율법을 모르는 피월려는 구양모의 술수대로 생사혈전을 벌였을 것이고, 그렇다면 검도 없고 용안심공도 제 위력을 발휘하지 못하는 상황에서 목숨을 내건 한판 승부를 벌여야 했을 것이다.

피월려는 입꼬리를 비틀면서 고개를 빠끔히 내밀어 뒤에 있는 구양모에게 조롱하듯 말했다.

"뒷말은 못 들은 것 같은데. 검을 뽑은 것을 보아하니 혹 생사혈전을 청하려는 것 아니오? 만약 그렇다면 삼 일 뒤, 내 심기일전을 하고 연무장에서 정식으로 상대해 주겠소."

구양모는 이를 으드득 갈았다. 그리고 검을 집어넣으면서 애써 태연한 척 대답했다.

"설마 지마급에 이르지 못한 제가 피 대원에게 생사혈전을 청하려 했겠습니까? 단지 어디선가 묘한 기척이 느껴져서 검을 뽑았을 뿐입니다. 주 소저인지 모르고 적이 몰래 급습하려는 줄 알았습니다만."

이젠 주하의 아미가 꿈틀거렸다.

"이상하군요. 그 말씀은 설마 지마급에도 이르지 못한 제오대 삼단주께서 천마급 마인조차 간파하기 어려운 본 녀의 기척을 느끼셨단 말입니까?"

구양모는 콧바람을 내뿜었다.

"말씀이 과장되었소. 천마급 마인조차 간파하기 어렵다니. 주 소저의 암공이 무슨……."

"직책을 붙이십쇼. 구 단주. 주 소저가 아니라 주 대원입니다."

"……."

"……."

불꽃 튀는 눈빛이 공중에서 씨름했다.

피월려는 종용하기 위해 그들 사이를 막아섰다. 그 사이에
는 눈빛뿐만 아니라 둘의 마기까지도 씨름하고 있어 피월려는
기류와 기분, 양쪽 모두에 압박감을 느꼈다.

"두 분 다 그만하시오. 주 소저. 귀환하여 보니 참으로 반갑
소만, 지금은 내가 구 단주와 해야 할 일이 있으니 인사는 잠
시 뒤에 나누도록 하겠소. 또한 구 단주. 구 단주에게는 감시
인이 되라는 지부장님의 직속 명령이 있었으니 그것을 수행해
야 할 것이오."

피월려의 말을 듣고 둘은 기운을 누그러뜨렸다. 하지만 살
기가 등등한 눈빛으로 서로를 보는 것은 더하면 더했지 결코
덜하지 않았다.

주하가 시선을 구양모에게 고정한 채 피월려에게 속삭이듯
말했다.

"가시는 길 끝까지는 따라가겠습니다만 방 안까지는 불가
능합니다."

"알았소."

"그럼."

그렇게 주하가 은신술로 자취를 감추기까지 그들의 신경전
은 끝나지 않았다.

구양모는 피월려를 쳐다보지도 않고 몸을 돌려 걷기 시작했다.

피월려는 한숨을 내쉬고는 그의 뒤를 쫓았는데, 혹시 그가 돌발 행동을 하지 않을까 잠시도 쉬지 않고 감시했다. 하지만 방에 도착할 때까지 구양모는 걷는 것 이외에 다른 행동을 하지 않았다.

그는 방문을 열고 피월려에게 말했다.

"이 안에는 소림파에서 노획한 모든 것이 들어 있습니다. 무공 서적도 있을 것입니다. 하지만 보시다시피 하나도 정리가 되어 있지 않으니 원하는 것을 찾기 위해서는 조금 고생하셔야 할 것입니다."

피월려가 슬쩍 보니 방 안은 아주 가관이었다. 소림파의 노획한 물건은 대부분 불상과 불교 물품이었는데, 그것들이 마치 쓰레기인 것처럼 방에 아무렇게나 널브러져 있었다. 어떤 불상은 심지어 머리부터 발끝까지 두 동강이 난 것도 있었고 검게 그을린 것도 보였다. 그냥 마구잡이로 집어서 이 방에 던져놓은 것이 분명했다.

따지고 보면 마인과는 극상성인 소림파의 물품이니 소멸시키거나 봉인할 터이니 애초에 정리할 이유도 없다.

"안내해 주어서 고맙소."

피월려는 형식상 포권을 취했고, 구양모도 형식상 포권으로 받았다.

"임무일 뿐입니다. 주어진 시간은 만 하루입니다. 그동안은 진법으로 인해서 어디로도 갈 수 없으니 복도로 나오지 않기를 권고합니다. 그럼 나중에 뵙겠습니다."

구양모는 딱딱한 어조로 말을 맺고는 휘적거리는 발걸음으로 점차 피월려에게서 멀어졌다.

호승심이 강한 사내다.

피월려는 그 모습을 빤히 보다가 퍼뜩 정신을 차리고 서둘러 방 안으로 들어갔다. 시간이 만 하루뿐이니 매우 촉박하기 이를 데 없었다.

*   *   *

방 안에 존재하는 서적이란 서적은 모두 찾아 한곳으로 모으는 데까지 걸린 시간은 대략 한 시진이었다.

그리고 그것들을 쓸모 있는 것과 없는 것으로 나눈 뒤 다시 무공 서적과 불교 서적으로 나누는 데 또 한 시진이 흘렀다. 피월려는 그의 키만큼이나 쌓인 책을 보며 이마의 땀을 훑었다.

"후……. 이제 슬슬 시작해 볼까?"

피월려는 우선 불공의 기초가 되는 금강부동심공을 꺼내

들었다. 그것은 단순히 무공을 위한 것뿐만 아니라 불교의 기본 사상이 담겨 있는 심공으로, 어떻게 불심으로 삼라만상을 바라보는지에 대한 글이 적혀 있었다. 때문에 변형물이나 해석론도 수십 가지가 넘쳐나서 금강부동심공에 관한 모든 서적을 모으자 총 백여 권에 달했다.

남은 열 시진 안에 그것을 모두 보는 것은 용안심공의 도움을 받아도 어림없다.

피월려는 단 일 획의 주석도 섞이지 않은 원본을 찾아 빠르게 서적들을 훑어 내렸다.

원본은 짧았다. 너무 짧아 이것이 어떤 심법이라 생각하기도 어려웠다.

피월려는 반각 만에 모두 읽을 수 있었고, 그 속에 담긴 내용 또한 그리 어렵다는 생각을 하지 못했다.

너무나도 심오하여 문장 하나 단어 하나조차 이해하기 어려운 그런 글을 예상했지만, 실제로 금강부동심공은 평상시에 자주 사용하는 평범한 언어로 누구나 쉽게 이해할 수 있도록 쓰여 있었다.

내용을 한마디로 종합하면 인간이 감정을 느끼는 이유는 죽음을 두려워하기 때문이고, 따라서 죽음을 두려워하는 마음을 버릴 수 있다면 감정에 더 이상 치우치지 않고 세상을 바라볼 수 있다는 것이다.

소림파의 중심이 되는 심공이, 조금만 지혜가 있는 사람이면 충분히 생각해 낼 수 있는 정도의 깨달음밖에 되지 않는다는 사실에 피월려는 의구심을 감출 수 없었다.

과연 이것이 맞는 것인가? 아니면 이곳에 무언가 비밀이 숨겨져 있는 것인가? 비밀이 있다 해도 제한 시간 내에 찾아낼 수 있을까? 그것은 불가능하다.

피월려는 눈을 감았다. 그리고 금강부동심법의 구결을 마음속으로 읊으며 명상을 시도했다.

하지만 시작하기 바로 직전, 그의 마음속에 마기가 갑자기 치솟아 오르는 것을 느꼈다.

마치 방금 먹은 음식이 식도를 타고 올라오려는 느낌과 비슷했다.

"아차! 불문의 무공은 마공과는 극상성! 이것을 명상하는 것조차 마기에 영향을 미칠 수 있어."

극양혈마공의 반응이 없었더라면 크게 해를 입었을 것이다.

그의 몸은 마기에 가장 알맞은 역혈지체다. 금강부동심공은 그것을 정면으로 부정하는 사상인데, 그것을 정신에 담았다가는 정신과 육체의 조화가 완전히 틀어져 버려 심각한 상황을 초래했을 것이다.

피월려는 금강부동심공을 옆으로 제쳐두었다. 어차피 그가 확인하려는 것은 괴뢰지의 원형인 금강지다. 금강부동심공은 불문의 무공에 대한 호기심 때문이지, 그가 가장 필요로 하는 것은 아니다.

피월려는 금강지를 빠르게 찾아냈다.

그리고 글자 하나하나 자세히 읽어가면서 가도무에게 들었던 괴뢰지의 구결과 비교했다. 그러자 놀랍게도 구 할 이상이 완전히 똑같았다. 어떤 부분은 토시 하나 틀리지 않고 베껴낸 것과 같았다.

가도무는 금강지에서 금강부동심공을 배제하여 만든 무공이 바로 괴뢰지라 했다.

그렇다는 뜻은 바뀐 내용 일 할이 바로 금강부동심공을 배제하는 과정에서 나타난 차이점인 것이다. 그것을 자세히 공부하다 보면 불문의 무공에서 어떻게 금강부동심공이 사라질 수 있는가를 알아낼 수 있다.

피월려는 도합 두 시진에 걸쳐 금강지를 공부했다. 읽은 부분을 읽고 또 읽고, 종이가 상하도록 읽었다. 그러고는 한 가지 결론에 도달할 수 있었다.

금강부동심공을 대신하기 위해서는 필연적으로 마기가 필요하다는 것이다.

괴뢰지는 공(空)을 극(極)으로 해석하여 금강지를 재탄생시켰는데, 중도의 길을 따르는 인간이 극을 만들기 위해서는 마(魔)를 통하지 않고서 불가능했기 때문이다.

아마 그것을 예상하지 못했기 때문에 괴뢰지는 마기에 물들어가는 자기의 육체를 이해하지 못했을 것이다.

마에 대한 공부가 없어, 인간의 정신이 극을 생각한다는 것 자체가 곧 마라는 사실을 알지 못했을 것이기 때문이다. 하지만 피월려는 극양혈마공을 통하여 마에 관한 개념을 확실히 알고 있는 상태다. 뿐만 아니라 육체조차도 이미 역혈지체를 이루어 마에 완전히 적응한 상태다. 때문에 그는 어떻게 마가 불심을 대신하게 되었는지를 괴뢰지 본인보다 더욱 확실히 알 수 있었다.

이제 남은 것은 극양혈마공의 해석과 변형된 금강지의 해석을 서로 맞추는 것이다.

완전히 다른 시각에서 발현한 무공이기 때문에 아주 간단한 단어에서부터 미세한 차이가 있었다. 애초에 기(氣)라는 단어에서부터 뭔가 위화감이 느껴지는데 다른 단어들은 말할 것도 없었다.

피월려는 우선 금강지를 완벽하게 외우는 것에 집중했다. 금강지의 분량은 금강부동심공과는 비교도 할 수 없을 만큼 많았지만, 이미 괴뢰지를 외우고 있던 피월려에게는 식은 죽 먹기보다 쉬웠다.

그다음에는 구결을 하나하나 다시금 비교해 가면서 극양혈마공에서 말하는 마기와 괴뢰지에서 말하는 극한의 기운, 그리고 금강지에서 말하는 공의 기운의 차이점을 면밀히 살폈다.

결국 다 같은 것을 말하는 것이 분명하지만, 세밀한 사상의 차이가 있다.

이것을 제대로 해석하지 못하면 마공을 잃어버리거나 혹은 목숨이 위험한 수준의 부작용이 생길 것이다. 마공과 불공은 그 정도로 극과 극이다.

하지만 극과 극은 서로 통하는 법. 피월려는 그것을 합칠 수 있다는 확신이 들었다.

이유는 간단하다.

이미 한 사람이 있지 않은가?

파계승인 괴뢰지가 불공에서 불심을 빼내었고, 그것을 가도무가 마공으로 대체하여 사용해 왔다. 이미 선례가 있는 이상, 그가 못할 이유는 없다.

그런 자신감은 믿음의 거름이 되었고, 그것은 정신력에 엄청난 힘을 보태주었다. 피월려는 도합 두 시진의 명상을 통해 그가 쓰기에 가장 적합한 형식의 괴뢰지를 완벽히 만들어낼 수 있었다.

피월려는 눈을 번쩍 떴고, 눈빛에는 묘한 마기가 일렁였다. 그는 자리에서 즉시 일어나 양손을 앞으로 뻗고 손가락에 마기를 집중시켰다.

어차피 외공을 모두 제한 무형검을 익혀왔던 그이기 때문에 금강지에서 가르치는 형식을 모두 제외한 채 내기의 운용만으로 금강지를 재현할 수 있었다.

다만 은은한 황금색이 아니라 타오르는 듯한 검은색이 가득했다.

극양혈마공의 양기가 나타나는 괴뢰지가 된 것이다.

피월려는 만족한 미소를 얼굴에 띠었다. 지공을 익힌 적은 없지만, 용안심공으로 인해 무형검을 익혔던 그인 만큼 형태가 없는 지공으로 충분히 온전한 실력을 끌어 올릴 수 있기 때문이다.

물론 엄청난 시간과 노력이 필요하겠지만 그것은 그에게 아무런 걸림돌이 되지 않았다.

그는 지금까지 시간이 있을 때 무공 수련 외에 다른 것을 해본 적이 없다.

취미도 무공 수련이요, 특기도 무공 수련이다. 전에는 그것이 검공이었다면 이제는 지공이 된 것뿐이다.

인간의 혈도를 공부해야 할 것이고 상대방에게 잘 파고들 수 있는 고강한 보법도 익혀야 할 것이다. 역화검을 되찾을 때까지 잠시 검을 내려놓고 다른 공부를 하는 것도 나쁘지는 않으리라.

피월려는 그렇게 역화검을 빼앗긴 자신을 설득했다. 그렇게라도 하지 않으면 너무나도 억울하여 잠조차 이루지 못할 것 같았기 때문이다.

역화검 대신 괴뢰지를 얻었지만, 지공에 완전히 문외한인데 얼마나 큰 성취를 얻을 수 있을까?

피월려는 벌러덩 뒤로 누웠다. 어차피 남은 여섯 시진 동안 할 것이 없으니, 주린 배를 부여잡고 잠이나 자려고 한 것이다. 그런데 서서히 감기는 그의 시야에 한 무공 서적이 들어왔다.

금강부동신법(金剛不動身法).

피월려의 머릿속에 마치 신선처럼 공중에서 부유하던 방통의 모습이 그려졌다.

보법이 아닌 유일한 보법인 금강부동신법.

그 오묘한 움직임은 아마 평생 머릿속에 남아 있을 것이다. 발을 쓰지 않고 몸을 움직이는 것이 어찌 가능하다는 말인가.

발을 쓰지 않고 몸을 움직이는 것이 어찌 가능하다는 말인가.

발을 쓰지 않고 몸을 움직이는 것이 어찌 가능하다는……

발을 쓰지 않고…….

피월려의 눈이 번쩍 뜨였다.

"설마!"

그의 외침 소리가 방 안에 메아리쳤다.

피월려는 잠이 확 달아나는 것을 느끼면서 빠르게 일어나 금강부동신법을 집어 들었다. 그리고 서둘러 그것을 속독하기에 이르렀다.

용안심공을 십 할 가동하여 그 속에 담긴 글자 하나하나 모두 놓치지 않고 보았다.

피월려는 금강부동신법이 금강부동심공과 이름이 유사한 이유를 바로 알 수 있었다.

금강부동심공의 사상을 현실화시켜 놓은 것이 바로 금강부동신법이기 때문이다.

금강부동신법은 금강부동심공의 묘리를 육체에 적용해 부동과 동의 차이점을 부숴 마치 신선처럼 공중에서 부유하듯 움직인다.

그것은 다리를 움직이는 공부인 보법과는 근본적인 차이를 가지고 있어 보법이 아닌 신법이라 불리는 이유를 정확하게 알 수 있었다.

그런데 이상한 점이 있었다. 단 한 번 읽었을 뿐인데, 모든 내용이 쉽게 해석이 된다는 점이었다. 금강부동심공을 먼저 읽었기에 더 쉽게 이해된다고 하기는 어려운 것이, 금강부동심공은 단순히 외우기만 했을 뿐 제대로 된 명상을 통해 마음 깊이 이해하진 않았다.

금강부동신법이 이토록 쉽게 이해되는 이유는 분명 다른 곳에 있을 텐데 피월려는 그것이 무엇인지 즉시 생각해 낼 수 있었다.

"좌추의 암호문……."

괴뢰지의 명령을 받고 여러 도둑들과 같이 소림파에 잠입하여 소림파의 무공을 훔쳐낸 좌추. 그는 몇 일간 낙양에 숨어 있다가 관에 자수했다 했다. 도둑이 무슨 이유에서 자수를 했다는 말인가? 정말로 참회의 의미에서 그렇게 한 것인가?

절대 그럴 리가 없다. 만약 정말로 참회를 하고자 했다면 피월려에게 같이 감옥을 빠져나가자고 부탁하지 않았을 것이다.

그렇다면 애초에 왜 감옥에 스스로 발을 들였을까? 생각할 수 있는 이유는 단 하나다.

"목숨을 부지하기 위해서."

감옥 안보다 감옥 밖이 더욱 위험하기에 그런 결정을 내린 것이다.

낙양에 숨어 있는 좌추가 생명의 위협을 느낄 만한 상대는 누구인가?

하오문주 음호천뿐이다.

마침 소림파의 금강지를 훔치기 위해서 그 일을 주도했을 테니 음호천은 낙양에 있었을 터.

따라서 좌추가 두려워할 만한 상대는 음호천밖에 없을 것이다.

그렇다면 좌추가 음호천에게 뭔가 잘못을 했다는 뜻인데.

피월려는 자신의 손에 들려 있는 금강부동신법을 물끄러미 내려다보았다. 그는 생각을 정리하기 위해서 스스로에게 말하기 시작했다.

"음호천의 명령은 금강지를 훔치라는 것이다. 하지만 좌추가 꼭 금강지를 목표로 했다고 볼 수는 없다. 하오문이란 문파는 결속력이 약하고 문도의 충성심이 극도로 낮은 곳. 좌추는 음호천의 명령보다는 자기의 이득을 위해서 움직였을 가능성이 크다. 만약 그랬다면, 좌추가 먼저 훔치려 한 것은 바로 이 금강부동신법. 중원의 모든 보법 중에 가장 최상위로 취급받는 몇 안 되는 이것을 도둑인 그가 탐내지 않았을 리 없다."

피월려는 금강부동신법을 한 장씩 펼쳤다. 그러면서 빠르게 탐독하며 다시 중얼거리기 시작했다.

"이 속의 내용들은 좌추가 자식에게 남겼던 그 암호문과 깊은 연결 고리가 있다. 글의 맥락이 이상하여 내용을 전혀 파악할 수 없었던 비밀문서가 이 금강부동신법을 보고 있노라면 새록새록 머릿속에 떠오른다. 좌추는 오랜 시간 수많은 고급 보법을 익힌 도둑. 금강부동신법의 묘리를 파악하여 명상을 통해 깨닫는 데는 며칠이면 충분할 것이다. 그리고 하오문도로서 암호문을 작성하는 것쯤이야 일도 아닐 터. 그는 소림파의 소동 이후 며칠간 오로지 금강부동신법에 매달려 그 묘리를 담은 비밀문서를 쓴 것이다.”

피월려는 책을 덮으며 다시금 중얼거렸다.

“또한 손목이 아니라 발목을 자른 점. 왜 손목이 아니라 발목을 잘랐을까? 그 또한 금강부동신법이 발을 사용하지 않는 보법이라는 점에서 내린 결정이다. 발이 없어도 금강부동신법을 익히는 데 아무런 문제가 없으니 손이 아니라 발을 희생시킨 것이다.”

피월려는 추리의 끝에 다다랐다. 그리고 결론까지 내렸다. 이젠 그 추리의 빈틈을 찾아보아야 할 단계.

그는 마치 무공을 익히듯 가부좌를 틀고 깊게 생각했다. 혹시라도 있을 옥의 티를 찾아 논리 하나하나 모두 집중하여 점검했다.

피월려는 좌추의 행적을 따라갔다.

만약 그가 좌추라면 감옥에서 탈출하자마자 아들을 찾아

갔을 것이고, 암호문을 보며 금강부동신법을 먼저 익혔을 것이다.

그런데 좌추는 그렇게 하지 않았다. 적어도 아들을 찾아가긴 했으나, 암호문을 요구하지 않았다. 암호문은 계속해서 좌구조의 손에 남아 있었다.

좌추는 인연이 끊어진 아들이 그를 아버지라 불렀다 했다. 그리고 손녀가 할아버지라 했다.

그리고 묘장에서 영약을 훔치라는 가도무의 요구…….

수십 년간 자기밖에 모르던 도둑에게 소중한 것이 생겼다. 그리고 그 소중한 것이 등잔불처럼 언제라도 꺼질 위기에 처해 있었다.

그 상황에 금강부동신법을 편히 익힐 수 있었을까? 아니, 그럴 수 없었을 것이다. 먼저 가족을 살리는 데 집중했을 것이다.

그렇게 금강부동신법의 묘리를 담은 좌추의 암호문은 그의 아들인 좌구조의 손에 남겨지게 된 것이다.

"하. 하하하. 크하하."

피월려는 참으려 해도 입술을 비집고 나오는 웃음을 참을 수 없었다.

뭘까?

이 허탈감은.

한참을 웃은 피월려는 고개를 위로 들었다.

검은 천장밖에 보이지 않았지만, 피월려는 좌추가 있는 하늘이라 생각했다.

"너무 열받아하지 마시오, 좌추. 가도무는 이제 낙양에 올 일이 없을 것이니, 그대의 가족은 이제 안전하오. 내 그대의 마지막 말을 들어주었으니, 이 정도는 받아도 된다고 생각하오. 고맙소."

피월려는 금강부동신법을 펼쳐 들고 글자 하나까지 모조리 외웠다.

그는 방으로 돌아가서 암호문과 비교하며 금강부동신법을 연구할 것이다.

금강부동신법에서 금강부동심공을 완전히 배제하는 것은 매우 어려운 작업이 될 테지만, 피월려에게는 괴뢰지의 연구 결과와 좌추의 연구 결과가 모두 있다.

피월려의 눈빛이 무공에 대한 열망으로 번쩍 빛났다.

*   *   *

한 달이 지났다.

높은 지형에 위치한 낙양의 특성상, 가을은 눈 깜짝할 사이에 지나가 버리고 벌써 겨울이 시작되는 듯했다.

아직도 빨갛고 노란 나뭇잎들이 나뭇가지에 매달려 있었지만, 그것보다 먼저 첫눈이 땅에 닿지 않을까 하는 생각까지 들었다.

피월려는 두터운 외투를 벗어 옆에서 오들오들 떨고 있는 흑설에게 입혀주었다.

흑설은 방긋 미소를 지으며 얼른 외투를 몸에 둘러 남아 있는 피월려의 온기를 느꼈다. 그녀는 눈을 살포시 들어 피월려를 보며 말했다.

"아저씨는 안 추워요?"

그 질문에 피월려의 표정이 순간적으로 어두워졌다.

지금 흑설과 함께 가는 곳은 장거주의 집이다. 이제는 낙양지부의 마조대와 비도혈문이 공존하는 곳으로 변모한 그곳에서 혈적현이 그들을 불렀다.

다른 용무도 있겠지만, 하나는 흑설의 천살성을 시험하기 위함도 있었다.

때문에 흑설이 남을 생각하는 듯한 말을 하자 그녀가 혹시라도 천살가의 시험을 통과하지 못할지 염려되었다. 만에 하나 통과하지 못한다면 목숨을 내놓아야 한다.

피월려는 속내를 숨기고 말했다.

"내가 익힌 극양혈마공은 한기가 침범할 수 없다. 나는 추위를 느끼지 않아."

흑설은 눈을 동그랗게 뜨며 말했다.

"우와! 나도 익힐래요."

"아쉽지만, 여자는 익히지 못하는 마공이다."

"피이. 그런 게 어디 있어."

"남자와 여자의 기혈은 그 육체보다 더한 차이가 있다. 어쩔 수 없는 거야."

흑설은 입술을 삐쭉 내밀었다. 그러고는 품속에서 아루타를 꺼내 한 손으로 부여잡고 다른 손으로는 마구 쓰다듬었다.

아루타는 추위가 싫은지 자꾸만 흑설의 품속으로 비집고 들어가려 했지만, 흑설의 우악스러운 손길을 이길 수는 없었다.

"나도 남자로 태어날 걸 그랬어요."

"왜?"

"몰라요. 너무 불공평해."

"그렇긴 그렇지. 하지만 천마신교 같은 무림방파에서는 남녀의 차이가 거의 없단다. 천마신교의 교주님도 여성이잖아?"

"우와. 정말요?"

"성음청 교주님은 여성임에도 불구하고 천마신교의 교주가 되신 분이지. 그분만 보아도 여성의 몸으로 마공을 통해 대성할 수 있다는 것을 알 수 있지."

"……."

"왜? 못 믿겠어?"

"정말로 여자도 그렇게 될 수 있어요?"

"정말이라니까. 남자만 익힐 수 있는 마공이 있듯이 여자만 익힐 수 있는 마공도 있단다."

피월려의 말에 흑설의 눈빛이 반짝반짝 빛났다.

"우아! 여자만 익힐 수 있다고요? 그게 뭐예요? 남자는 못 하는 거죠?"

"그러니까……."

"뭔데요? 뭐예요?"

"아니, 내가 정확하게 아는 건 아니고……."

"피이. 뭐야. 거짓말이죠?"

"거짓말 아니야."

"대답을 못 하시잖아요."

"대답하면 되잖아. 이름은 주령모귀마공이야."

"주령모귀마공?"

되묻는 흑설의 눈빛이 더욱 반짝거렸다.

"그래. 처녀공이라 했으니, 그건 여자만 익히는 것이 확실하지."

"처녀공이 뭔데요?"

"뭐긴 뭐야. 처녀가 익히는 무공이지."

"처녀? 그럼 남자랑 한 번도……."

피월려는 흑설의 입을 막았다. 그러고는 그들을 이상한 눈빛으로 바라보는 군중을 향해 어색한 미소를 띠면서 흑설에게 중얼거렸다.

"알아들었으면 됐어. 굳이 입 밖으로 꺼낼 필요는 없다."

흑설은 볼을 퉁퉁 부풀리면서 몸을 바둥거리며 피월려의 손을 마구 때리고 꼬집었다.

피월려가 그녀의 입에서 손을 떼자 입술을 막 비비면서 말했다.

"피이. 알았어요. 알겠다고요. 입을 막을 필욘 없잖아요."

"알았으면 됐다."

"그걸 익히면 나도 교주님처럼 강해지는 거죠?"

"아마 그렇겠지."

가도무가 그리 좋아했으니, 아마 강력한 것이긴 할 것이다.

"주령모귀마공이라. 좋아요. 그걸 익히겠어요."

"그래, 그래. 마음대로 해라."

피월려는 피곤해지는 것을 느꼈다.

수련을 해도 이 정도로 피곤하진 않을 것이다. 그런데 그것이 끝이 아니었다.

오랜만에 밖에 나간 흑설이 호기심 잔뜩 감도는 표정으로 사방팔방을 돌아다녔기 때문이다.

피월려는 그녀의 뒤꽁무니만 쫓아다니며 온갖 심력을 쏟아 내야 했다.

보통보다 세 배가 넘는 시간이 걸리고서야 그들은 장거주의 집에 도착했다.

신난 발걸음으로 대문을 활짝 여는 흑설의 뒤로 행색이 초췌해진 피월려가 패잔병처럼 들어섰다.

그들은 혈적현이 위치한 본가까지 안내를 받았다. 혈적현은 전과 똑같은 모습으로 일과를 보고 있었는데, 풍기는 기세에 편안함이 넘쳤다.

비도혈문의 거처가 완전히 옮겨진 이곳의 실질적인 주인이 되었으니 그럴 만도 했다.

"늦었군. 그런데 오는 길에 적을 만났나?"

혈적현은 심각한 표정으로 피월려에게 물었고, 그 심각함이 피월려를 더욱 기가 차게 만들었다.

"아니, 애를 돌봤을 뿐이야."

피월려는 양손을 뻗어 흑설을 품속에 안으면서 대답했다. 하지만 실상은 안는 것이 아니라 가두는 것이었다.

실제로 흑설도 그의 손을 벗어나려고 안간힘을 쓰고 있었다.

혈적현은 피식 웃더니 물었다.

"그럼 귀찮은 일부터 먼저 처리할까?"

"귀찮은 일이라 함은?"

"뭐긴 뭐야. 그 아이의 시험이지. 정 대원, 천살가에서 오신 분을 불러주시오."

그들 뒤에 조용히 서 있던 사내가 고개를 살포시 끄덕이더니 밖으로 나갔다.

마조대원으로 보였는데, 비도혈문과 함께 이곳에 완전히 자리를 잡아 확실한 명령 체계를 구축했는지 혈적현의 명령에 순순히 따르는 것 같았다.

피월려는 흑설을 힘으로 잡아 앉히고 그녀의 뒤를 둘러싸듯 앉았다.

흑설은 그것이 싫지만은 않았는지 양다리를 쭉 펴고 피월려의 품에 편하게 몸을 기댔다.

혈적현은 흑설과 피월려를 번갈아가며 보다가 툭 내뱉듯 물었다.

"친해졌군."

"응."

"……"

"시험을 굳이 내 앞에서 하지 말아줬으면 해."

"그 마음을 이해 못 하는 건 아니지만 내가 결정할 사항이 아니야. 천살가에서 온 인물은 전형적인 안하무인이다. 처음 와보는 낙양을 구경하고 싶다며 지부에 있기를 거부하고 굳이 여기에 머물겠다고 하는 인물이다. 천살가의 인물이라 서화능 지부장도 어찌하지 못하는 터라 아주 자기 멋대로야."

"아하. 그래서 굳이 나보고 흑설을 데리고 여기까지 오라고 한 건가?"

"어. 죽어도 지부에 들어가기 싫다고 하니 어쩔 수 없지."

"참 나. 정말로 안하무인이군. 얼마나 강하기에 그래?"

혈적현은 침을 삼키고는 대답했다.

"천마급이야."

"……."

"시록쇠라는 인물이다. 도첨마무(刀尖魔舞)라는 별호를 가지고 있지. 천마신교의 교육을 담당하는 교육부 장로다. 유명한 교관 출신이라더군."

"그런 인물이 직접 온 거야?"

"어린 여자아이라니까 마다하지 않고 왔다더군. 여자가, 그것도 어린 나이에 천살성인 경우는 너무나도 희귀해서 말이지."

"흐음."

"오시는군."

피월려는 뒤에서 느껴지는 은은한 마기에 뒤로 고개를 돌렸다.

그곳에는 보는 것만으로도 간담이 서늘해지는 듯한 기분이

드는 노년의 남자, 시록쇠가 서 있었다.

전체적으로 날카로운 인상인데 희끗한 머리카락과 수염은 있는지 없는지 모를 정도로 수가 적고 가늘어 그 날카로운 인상에 한몫했다.

또한 눈썹이 하나도 없어 징그럽게 움직이는 이마의 주름과 눈가의 주름이 만나 마치 원숭이처럼 보였다. 입술은 말라 비틀어져 색을 유지하지도 못했고, 코는 뭉개져 높이가 없는 듯했다.

피월려는 자리에서 일어나 포권을 취하며 인사했다. 그러나 시록쇠는 피월려에게는 아무런 관심도 두지 않은 채 흑설에게만 눈빛을 고정했다.

천마급 마인의 한기 어린 눈빛.

흑설은 그녀의 순수한 눈빛으로 그것을 정면에서 응시했다.

시록쇠는 흑설의 시선을 피하지 않았고 흑설도 시록쇠의 시선을 피하지 않았다.

긴 침묵을 먼저 깬 것은 시록쇠였다.

"천살성이 맞는 것 같긴 한데, 일단 절차라는 것이 있으니 따르지 않을 수 없군. 품속에 감추고 있는 동물을 내놔라."

흑설은 작은 눈썹을 찡긋했다.

"왜요? 싫어요!"

"어허. 내놓으라니까? 노부의 말을 무시하면 혼난다."

"아루타는 내 거예요. 안 줄 거예요."

시록쇠는 시선을 돌려 피월려를 보았다.

"네놈이냐? 피월려라는 놈이?"

피월려는 고개를 끄덕였다.

"그렇습니다만."

"그년의 몸을 붙잡고 있어라."

명이라 하지 않았지만 따르지 않으면 즉시 죽일 기세다. 피월려는 힘없이 포권을 취했다.

"존명."

피월려는 흑설의 양팔을 세게 붙잡았다.

그러자 흑설은 안에서 안간힘을 쓰면서 억울하다는 표정으로 피월려를 올려다보았다. 피월려는 미안한 마음이 들어 고개를 돌렸다.

그때, 시록쇠가 갑자기 흑설 앞에 나타났다.

흐릿한 잔상을 남기는 신출귀몰한 보법을 선보인 시록쇠의 손에는 어느새 아루타가 붙잡혀 있었다. 아루타는 고통스러운지 꽥꽥거리는 소리를 냈다.

시록쇠는 아랑곳하지 않고 아루타를 양손으로 붙잡고는 흑설의 눈높이에 가져갔다.

그리고 아루타를 찢었다.

찌이익—!

피슛!

종이가 두 갈래로 찢기는 것처럼 아루타의 육체가 두 갈래로 찢어지기 시작했다.

피부는 물론 힘줄과 내장을 포함한 모든 것이 아래로 쏟아지며 분수처럼 피를 뿜어냈다.

역겹기 짝이 없는 그 광경에 혈적현과 피월려는 눈길을 돌릴 수밖에 없었다.

하지만 눈을 돌리지 않는 사람이 두 명 있었다.

흑설은 아루타가 찢기는 광경에 악을 쓰며 분노 어린 시선으로 시록쇠를 바라봤고, 시록쇠는 아무런 감정이 섞이지 않은 눈빛으로 흑설을 자세히 들여다보았다.

이윽고 아루타의 몸이 두 갈래가 되자, 흑설이 빽 하고 소리를 질렀다.

"죽여 버릴 거야!"

어린 소녀의 협박에 시록쇠가 말했다.

"왜? 왜 나를 죽이겠다고 하는 것이냐?"

"아루타를 죽였잖아요. 그니까 죽일 거야."

"분노는 하는구나. 그런데 혹 슬프지는 않느냐?"

"무슨 뚱딴지같은 소리예요. 이 미친 노인네가! 우이씨!"

"슬프진 않구나?"

"몰라요. 아루타 돌려내요!"

시록쇠는 허리를 펴고 몸을 올렸다. 그러고는 오른손을 슬며시 들었는데, 피월려의 용안으로도 완전히 파악하지 못할 속도로 흑설의 뒷목을 내리치고는 제자리로 돌아갔다.

흑설은 눈꺼풀이 서서히 감기면서 그대로 땅바닥에 주저앉았다.

시록쇠는 품속에서 뭔가를 뒤적거리더니 피월려에게 건넸다.

피월려는 손에 튄 아루타의 피를 옷으로 닦고는 얼떨결에 그것을 받았다. 서책이었다.

피월려가 뭐라 하기 전에 시록쇠가 먼저 말했다.

"노부는 좀 더 여가를 즐겨야겠다. 춘분(春分)이 되면 이 아이를 데리고 본 가로 귀환할 테니 그때까지 서책에 적힌 천살가의 가법을 모두 숙지하게 만들어라."

피월려는 눈을 껌벅이더니 곧 서둘러 물었다.

"그러면 흑설은 천살가의 시험을 통과한 것입니까?"

"보면 모르겠느냐? 저 아이는 굳이 같은 천살성이 아니어도 충분히 알 수 있을 정도로 순수한 천살성이다."

"……"

시록쇠는 그 말만 남기고는 몸을 돌렸다. 그런데 걷는 와중에 몸에 묻었던 피가 마치 미끄러지듯이 그의 몸을 타고 자연스럽게 땅바닥으로 흘러내려 왔다.

방문을 완전히 나설 때쯤 시록쇠의 몸에는 피 한 방울조차 묻어 있지 않았다.

도대체 무슨 수법인지는 알 길이 없었다.

하지만 고강한 수준의 기의 운용이 아니고서야 불가능한 것이었다.

피월려와 혈적현은 동시에 긴장이 딱 하고 풀리는 듯했다.

혈적현이 말했다.

"우선 방 안의 피부터 닦아내야겠군."

"그러는 것이 좋겠지."

혈적현은 밖에서 사람을 불렀고, 그들은 숙달된 솜씨로 한 각 안에 아루타의 피와 시신을 말끔히 지워내었다. 시체를 처리하는 데 있어 도가 튼 그들이니, 이 정도는 너무나도 쉽게 처리할 수 있었다.

피월려와 혈적현은 어떻게 대화를 시작해야 할지 몰라 서로의 눈치만 보았다.

먼저 말을 꺼낸 것은 혈적현이었다.

"시험이… 저런 것일 줄은 꿈에도 몰랐군. 동물을 찢어 죽이다니."

"반응을 보는 거겠지. 한 달은 족히 같이 지내던 동물을 눈앞에서 찢어 죽였을 때 나오는 반응은 범인과 천살성의 차이를 확연하게 드러낼 테니까."

"어찌 됐든 천살가의 시험을 통과했으니 흑설은 천살가에 입양되겠어. 축하해."

"축하받을 일인지는 모르겠어."

피월려는 품에서 기절해 있는 흑설의 앞머리를 옆으로 쓸며 땀에 젖은 이마를 닦아내었다. 어린 소녀의 피부는 보드라웠고 굳은살과 상처로 가득한 피월려의 손에 작은 온기를 선사했다.

혈적현이 말했다.

"천살성이야. 어차피 이 세상에서는 살아가지 못할 아이지."

"그렇겠지."

"좋은 일이라고."

"나도 그렇게 믿고 싶군."

"……."

"……."

피월려는 측은한 눈빛으로 흑설을 보았다. 혈적현은 피월려가 마음을 정리할 시간을 주었고, 피월려는 곧 감정을 다스리고 혈적현에게 시선을 돌렸다.

돌아본 그의 눈빛은 무림인의 눈빛이었다.

피월려가 물었다.

"슬슬 본론으로 들어가지?"

혈적현은 어깨를 들썩였다.

"본론이랄 것도 없어."

"무슨 일인데?"

"그냥 추천서 하나 받으려고."

"추천서라니?"

혈적현은 잠시 뜸을 들이더니 이내 말을 꺼냈다.

"비도혈문이 살문이었기 때문에 갖는 특성들이 있어. 정보라든가, 암살이라든가. 그런데 그런 부분은 천마신교 낙양지부의 제이대, 그리고 마조대와 겹치는 부분이 있지. 따라서 우리는 제이대에 속하든가 마조대에 속하든가 해야 하는데 제이대는 그 특성상 여성만으로, 마조대는 충성심을 먼저 보기때문에 태생마교인만으로 이뤄져 있어. 비도혈문의 무영비주들은 이 두 곳에 다 속하지 못하지."

"그래서?"

"때문에 서화능, 박소을 대주와 논의한 결과 나는 제일대에 속하게 되었다. 소규모 정예부대로서 무영비주들만큼 어울리는 무림인도 없고, 자유로운 제일대의 단주로서 다른 무영비주를 통솔하면 우리 쪽에도 더 좋을 것이라 판단했지."

"그럼 된 거 아니야? 추천서가 필요해?"

"그런데 박소을 대주가 반대했어. 자기 아래 또 다른 휘하체계가 있는 것이 싫다고 말이지."

"그게 무슨 말이야. 또 다른 휘하 체계라니."

"그러니까, 일대원 중에는 단주를 만들고 싶지 않다는 것이지. 제일대의 특성상 그것이 가장 알맞다고."

"아. 하하하. 역시 독특한 취향이군."

"뭐 결국에는 서화능의 말에 못 이겨서 허락했는데, 내가 싫긴 싫은지 절차상의 문제를 걸고 넘어졌다. 일대원 두 명의 추천을 받으라 하더군."

"아하. 큭큭큭. 그래서 나한테 추천서를 받으려고?"

"어."

"다른 하나는 누구한테 받게?"

"그게 문제야. 신물주와 호사일, 이 두 명의 일대원이 죽고 현재 남은 일대원은 서린지, 주소군, 진설린 그리고 너까지 총 네 명이지. 그러니 너 말고 다른 세 명 중 한 명에게 받아야 하는데 도저히 불가능할 것 같아서."

"찾아가 보긴 했어?"

"다 찾아가 보았지."

전 중원을 뒤져보아도 찾을 수 없을 만큼 독특한 성격을 가진 세 명이 혈적현의 부탁에 어떻게 반응했는지 너무나도 궁금해졌다.

피월려는 혈적현을 보며 살포시 웃었다.

"하나하나씩 말해봐."

혈적현은 이때다 싶은지 하소연을 하기 시작했다.

"우선 서린지? 이 소저는 다짜고짜 남자에 대해서 물어오더군. 아니, 처음 보는 남자한테 갑자기 남자의 마음을 알려달라느니, 남자의 시각은 어떠냐느니 하면서 연애 상담을 하는데, 추천서의 추 자도 못 꺼내고 서둘러 나올 수밖에 없었다. 천마신교의 절정고수가 연애에 그리 목을 매고 있었다니 지금도 이해하기 어렵군."

"서 소저는 연애에 있어 지금 매우 중요한 시기에 놓였기 때문이야. 정혼자랑 이별을 하게 될 수도 있거든."

"그게 나랑 무슨 상관이라고 나한테 그리 말하는지……. 때문에 그, 휘랑? 이름도 못 들었군. 하여간 그 휘랑이라는 남자에 대해서 모든 것을 알게 되었다. 참 나. 어이가 없어서."

"잊어버리는 것이 좋을 거야. 버림받는 여인의 시각이니 한쪽으로 치우쳤어도 심하게 치우쳤겠지."

"그건 그 여자의 말투만 들어도 알아. 그래도 이상한 선입견이 생기는 건 어쩔 수 없더군. 나도 모르게 그 휘랑이라는 사람을 쓰레기처럼 생각하고 있어."

"큭큭큭. 서 소저가 마음 한번 잘 뒤흔들어 놨군."

"뭐, 아름다운 여자니까."

"……."

"왜?"

"너……."

"뭐가?"

"아니다."

"뭔데?"

"하나만 더 물어보자. 서 소저와 시간을 얼마나 보냈지?"

"흐음, 대략 한 시진?"

"한 시진?"

"어."

"한 시진이나 여자의 푸념을 듣고 있었다고?"

"서린지 소저가 도통 나를 놔줄 생각을 안 하더군. 나가려고만 하면 계속 붙잡는데 어떻게 해."

"……."

"네 눈빛이 이상한데. 무슨 뜻이지?"

"아무것도 아니다. 하여간 다음으로 넘어가서?"

혈적현은 묘한 눈길로 그를 내려다보는 피월려에게 이상한 기분을 느꼈다.

뭔가 좋지 않는 것만은 확실한데 딱히 정의내리기 어려운 종류의 것이었다. 혈적현은 미심쩍었지만 그냥 넘어가기로 했다.

"다음은 주소군이라는 남자다. 처음엔 이름을 듣고 여자인 줄 알았다. 모습을 보고도 여자인 줄 알았지. 하지만 패도적인 검공을 보고 남자임을 확신했다."

"패도적인 검공이라니, 누군가와 싸우고 있었나?"

"아니, 홀로 연무장에 검공을 익히고 있더군. 내가 실례가 되냐고 물었더니, 아니라 했다. 무림인이라면 생사혈전이라도 마다하지 않을 만큼 화가 나는 상황임에도 매우 차분한 목소리로 말하더군. 참으로 배포가 크다고 생각하여 추천을 쉽게 받을 수 있을 줄 알았다."

"그런데 실패했군?"

"그 남자는 배포가 큰 것이 아니다. 단지 지극히 오만한 것이다. 그 남자는 자기가 수련하고 있는 것을 남이 훔쳐본다고 해서 빼앗길 수준이 아니라고 믿는 것이다. 때문에 내가 보아도 화를 내지 않은 것이지. 그는 나를 물끄러미 보더니, 자기를 이길 수 있으면 추천해 주겠다고 했다."

피월려의 눈동자가 흥미로 가득 찼다.

"오! 그래서 싸웠어?"

"아니, 안 싸웠다."

"왜?"

"싸워보지 않아도, 내가 절대 그 남자를 이길 수 없다는 것을 알았기 때문이다."

피월려는 표정을 잔뜩 찌푸렸다.

"그걸 어떻게 알아? 내가 그런 생각으로 무림을 살아왔다면 지금도 이류를 벗어나지 못했을 거야."

"내가 그런 생각으로 살아온 곳은 무림이 아니라 음지다. 원하는 표적을 암살하는 살수의 기량 중 하나는 적의 무공을 파악하여 나와 철저하게 대조해 보는 것이다. 나는 그 남자를 이길 수 없다는 판단에 도달했고, 내가 비무를 거부하자 그 남자는 실망한 듯 다시 수련을 시작하더군. 그 뒤에 나를 추천해 달라고 말할 노릇은 못 되기 때문에 그냥 나왔다."

"어찌 보면 비참한 이야기군."

"확실히. 살수 때의 버릇을 버리지 못하면 더 이상 나는 발전할 수 없을 거야. 그 사실을 배웠으니, 비참했지만 내겐 약이 되는 일이었다."

"그렇군. 자, 그러면 린 매는 언제 만났어?"

"진설린 소저는 아예 만나지도 못했다."

"왜?"

"방 앞까지 갔는데 차마 들어가지 못하겠더군."

"무슨 뜻이지?"

"신음 소리가 워낙 심해서 말이야."

"……."

"적어도 한 식경을 기다렸는데 말이지. 그래도 안 끝나더군."

"……."

"얼마나 더 기다려야 하는지 그것도 모르겠더군."

"……."

"내가 익힌 무공 특성상 더 이상 여성의 신음 소리를 듣다가는 문제가 생길 것 같아서 여기로 복귀했다. 그런데 왜 대낮에 그런 일이 발생하고 있었는지는 의문이야."

피월려는 헛기침을 했다. 그것도 다섯 번이나.

"요즘 새로 익히는 무공이 있거든. 그것 때문에 마공이 자주 폭주하는 바람에 양기를 식히기 위해서는 어쩔 수 없다."

"어쩔 수 없다니. 참나."

"……."

"애도 있잖아? 그 아이 말이야. 그 아이는 어쩌고?"

"요즘은 방에 잘 없어. 주 형하고 서 소저하고 친해져서 그 둘이 자주 놀아주지. 뭐, 주 형은 무공을 가르치는 것에 맛을 들인 것 같고, 서 소저는 원 없이 대화할 수 있는 상대를 만난 것뿐일지도 모르겠지만."

"그래? 좋겠어, 그러면. 애도 없겠다, 언제라도 가능한 거네?"

"……."

"내가 듣기로는 너무 자주하면 뼈와 근육이 상해 무공으로 대성할 수 없다고 하던데. 몸 관리 잘하라고."

"크흠."

피월려는 민망한지 고개를 돌렸다.

그 모습에 혈적현은 박장대소를 하며 음흉한 눈빛으로 피월려를 노려보았다. 피월려는 어쩐된 일인지, 그 눈빛을 받을 수가 없었다.

한참을 웃은 혈적현이 말했다.

"결국 서린지 소저에게 다시 찾아가는 수밖에 없는 것 같군."

"아니, 그럴 필요는 없을 것 같다."

"그러면?"

"내가 린 매에게 잘 이야기할게. 린 매가 추천하고 내가 추천하면 될 일이야."

"그런가? 흐음."

"왜? 서 소저를 만날 구실이 필요한가 보지?"

"뭐?"

"아니다."

"잠깐. 너 지금 뭔가 단단히 오해하고 있는 것 같은데. 난 서린지 소저에게 관심 없다. 내 몸은 여자를 모르는 몸이야."

혈적현은 그가 익힌 동자공을 이야기하는 것이다.

순양지기를 기반으로 하는 동자공을 익힌 무림인은 순양지기를 지키기 위해서라도 여성과 잠자리를 할 수 없기 때문이다.

때문에 평생 여성과 멀리해야 하는 숙명을 가진다.

이번에는 피월려가 여유로운 미소를 지었다.

"무공을 익혔다고 성욕이 사라지는 건 아니지. 안 그런가?"

"그거야 그렇지만 서린지 소저에게는 아무런 감정이 없다."

"그래. 네가 그렇다면야 그렇겠지."

"그렇겠지라니?"

"알아서 해석해."

"됐다. 하여간 추천은 그걸로 된 것 같고. 네가 전에 부탁한 좌구조라는 사람 말이야……."

"말 돌리기는."

혈적현은 피월려의 말을 완전히 무시하며 그의 할 말을 이어갔다.

"좌구조에게는 그 책자를 무사히 전했다. 그리고 아마 낙양 동쪽에 자리를 잡은 것 같다. 자세한 건 지화추 단장에게 물어봐."

"지화추 단장에게 물어보면 될 일을 왜 굳이 네가 이야기하는지 모르겠다. 말 돌리는 걸로밖에 보이지 않는……."

"다른 사항은 백도무림의 움직임이다. 한 달 사이에 낙양에 존재하는 거지의 숫자가 두 배 이상이 되었다는 보고가 있다. 이는 백도무림의 중추인 소림파가 멸문하고 나자 그 사태를 정확하게 파악하기 위해 개방이 손을 쓴 걸로 보인다. 그리고 무당파의 인물들이 심심치 않게 하남성에서 보이기 시작했어.

광소지천을 찾는다는 명목으로 하남성을 감시하려는 듯하다. 소림파뿐만 아니라 황룡무가 또한 봉문했으니 하남성은 상징적으로나 실제로나 주인을 잃었지. 때문에 세속적인 백도무림방파나 흑도무림방파나 하남성으로 모여드는 실정이다. 탐을 내는 것이겠지."

피월려는 잠시 고민하더니 질문했다.

"그거, 혹 개봉에서 열리는 무림대회와 관련된 건 아니야?"

"당연하다. 그 행사 자체가 황실이 아니라 백도무림에서 주관하는 것만 봐도 안다. 언제부터 백도무림에서 황태자의 결혼에 관심이 있었는지……. 그를 위해 무림대회를 연다는 것은 누가 봐도 다른 속셈이 있는 것이 분명하다."

혈적현은 그 속셈이 무엇인지 피월려의 생각을 듣고 싶어 그리 말했다. 하지만 피월려는 그보다 더욱 관심 가는 것이 있었다.

"결혼? 황태자가 결혼하나?"

"뭐야, 몰랐나? 네가 모르면 어떻게 하냐?"

피월려는 눈살을 찌푸렸다. 무림에 속한 그는 황실의 상황에 대해서 알 필요도 이유도 없었기 때문이다.

"내가 왜 알아야 하는데?"

혈적현은 어이가 없다는 듯이 코웃음을 치고는 대답했다.

"그야 황태자의 결혼 상대가 진설린 소저니까 그렇지."

피월려는 순간 귀를 의심했다.

"뭐라고? 다시 말해봐."

혈적현은 피월려를 위아래로 흘겨본 뒤에, 나지막하게 대답했다.

"황태자의 결혼 상대가 진설린 소저라고."

그 말을 들은 피월려의 표정은 도저히 인간의 언어로 표현할 수 없는 성질의 것이었다.

제 사 십 삼 장(第四十三章)

"네, 맞아요. 결혼해요."

진설린은 아무렇지도 않게 마치 동쪽에서 해가 뜨는 것처럼, 음식을 입으로 먹는 것처럼, 검으로 종이를 베는 것처럼, 다리로 걸음을 걷는 것처럼 당연하다는 듯이 말했다.

그녀는 호랑이 인형을 들고 침상에 걸터앉아 바느질을 하고 있었다.

척 보기에도 정교한 바느질 솜씨라 대단한 집중력을 요구하는 것처럼 보였는데, 결혼한다는 말을 하면서 그 집중력을 잃지 않는 것을 보면 참으로 신경 쓰지 않는 것이다.

결혼을 하룻밤 소풍쯤으로 생각하지 않는 이상 반응이 그
럴 수는 없다.

피월려는 복잡한 감정을 느꼈지만 최대한 침착하게 물었
다.

"왜 내게 그것을 말하지 않았소?"

진설린은 바느질을 멈추지 않았다. 아니, 오히려 여러 개의
바늘을 추가하여 열 손가락으로 열 개가 넘어가는 바늘을 다
루는 신기를 선보였다.

"이미 아는 줄 알았죠. 진짜 몰랐어요?"

"몰랐소."

진설린은 입술을 삐죽이며 심드렁하게 대답했다.

"지금 전 중원에 그것을 모르는 사람은 아마 월랑밖에 없을
걸요?"

"……."

"한 달 동안 무공 수련 아니면 아무것도 안 하더니, 자기 아
내가 딴 남자한테 시집간다는 것도 모르셨나 보네."

진설린은 뚱한 표정을 짓고 피월려를 노려보았다. 하지만
피월려는 그 시선을 받아줄 만큼 정신의 여유가 없었다. 그는
양손으로 머리카락을 부여잡더니 침상에 턱 하고 걸터앉았
다.

"정말이오?"

"네. 전에 말씀드렸잖아요? 아직 정리되지 않은 혼사가 두 군데 있다고요. 사천당문 건은 해결되었으니, 이젠 황궁과의 혼사를 정리해야죠."

"그것이 설마 이 나라 황태자의 혼사라고는 생각하지 못했소."

"황룡무가를 너무 무시하시는 것 아닌가요? 황룡무가의 여식인 제가 황태자비가 아니라면 누구와 혼인한다는 거죠? 그것도 낙양제일미라 소문난 제가? 가문과 미모를 모두 갖춘 저는 충분히 황태자비감이라고요."

"……."

"항상 옆에 있으니까, 월랑은 감도 안 오죠? 제가 얼마나 대단한 여자인데요."

"모, 몰랐소."

"그러니까 잘해요. 딴 여자한테 한눈팔지 말고."

피월려는 버럭 소리를 질렀다.

"내가 언제 한눈을 팔았다는 것이오?"

"기방에 갔잖아요. 린지 언니한테 다 들었어요."

피월려는 순간 죄책감이 들었다. 하지만 곧 죄책감을 느낄 이유가 없다는 것을 깨달았다.

엄밀히 말하면 그는 진설린을 정인으로 생각하지 않는다. 적어도 그렇게 받아들이진 않는다.

그러니 그가 기방에 가든 다른 여자를 사랑하든 진설린이
할 말은 없다.

피월려는 진설린을 사랑하는 것이 아닌데 어찌 사랑하는
사람들 사이에 적용되는 법칙을 지켜야 한다는 말인가?

애초에 무공을 위해서 만난 둘이다.

그녀가 다른 남자에게 시집을 간다고 해서 감정이 격해질
이유는 없다.

피월려는 자신의 내면을 잘 살폈다. 그리고 왜 지금 자기의
기분이 상기되었는지를 파악했다.

그가 느끼는 기분은 질투도 아니고 실망도 아니다.

두려움이다.

죽음이 한 발자국 가까워져 안달이 난 것이다.

피월려는 현재 최소한 이틀에 한 번은 진설린과 음양합일
을 해야 한다.

그렇지 못하면 양기가 폭주하여 죽는다.

역화검이 있을 때는 삼 일까지도 견딜 수 있었지만 역화검
이 없는 지금은 이틀이 한계다.

그 때문에 진설린이 다른 남자에게 시집간다는 사실을 알
고 감정이 격해진 것이다.

적어도 그렇게 믿고 싶었다.

그때였다.

"알아요. 내가 그런 말할 자격 없는 거. 그래도 그냥 투정 부린 거예요."

낮고 슬픈 어조로, 진설린은 그렇게 말했다. 시선은 여전히 바느질에 고정되어 있었지만 피월려는 왠지 그녀가 눈을 피한다고 느꼈다.

아마 피월려의 생각이 표정에 드러난 듯싶었다.

피월려는 손을 슬며시 들어 자기의 얼굴을 만졌고, 놀랍도록 경직되어 있는 것을 느꼈다. 차가운 감정을 마음에 품으니 표정이 굳은 것이다.

직접 보진 않았지만 아마 눈빛에도 한기가 묻어나왔을 것이다.

피월려는 등에 업혀 있는 흑설을 침상 위로 내려놓았다. 그리고 진설린 옆에 앉았다. 진설린은 흑설에게 눈길을 한번 주더니 물었다.

"흑설이는 괜찮은 거죠?"

피월려는 품에서 천살가의 가법이 적힌 책을 꺼내며 부드러운 목소리로 말했다.

"괜찮소. 아마 보름 이내로 천살가에서 데려갈 듯하오. 그 전까지 책의 내용을 숙지하게 해야 하오."

진설린은 그것을 받았다.

"알았어요. 그건 제가 할게요. 그래도 다행이네요. 흑설이가 천살가의 시험을 무사히 통과했다는 것이."

"그렇소. 참으로 다행이오."

"그동안 참 정이 많이 든 아이예요. 이대로 떠난다니 아쉽
네요."

진설린의 바느질은 멈추지 않았다.

열 손가락은 조금의 더딤도 없이 매끄럽게 움직이고 있었
다.

그것을 차가운 눈빛으로 응시하던 피월려가 나지막하게 말
했다.

"진 소저."

진설린의 눈빛이 조금 흔들렸다.

"그렇게 부르지 말아요. 월랑이 나를 그렇게 부를 때면 속
으로 얼마나 긴장하는 줄 알아요?"

"진 소저."

"그렇게 부르지 말라니까요."

"진 소저."

"……."

진설린은 대답하지 않았다. 그러자 피월려가 말하기 시작했
다.

"천살가의 시험은 아주 간단했소. 지난 한 달 동안 혹설과
같이 지낸 아루타를 알 것이오. 천살가에서 온 사람은 아루

타를 양손으로 잡고 흑설의 앞에서 찢었소."

"……."

"말 그대로 찢었소. 무슨 아귀의 힘이 그리 센지, 아루타의 육체가 종잇장처럼 찢어졌소. 그리고 흑설의 반응을 주시했소. 자기와 한 달 동안 같이 지낸 동물이 반으로 찢기며 죽어가는 것을 보는 어린 여자아이의 반응을 보려 한 것이오. 놀랍게도, 흑설은 순수하게 화를 냈소. 슬퍼하지도 않았고 두려워하지도 않았고 놀라지도 않았소. 너무나도 차분하게 화를 내었소."

"……."

"그런 반응을 보인 것은 간단한 논리요. 그녀는 아루타를 아끼는 장난감, 그 이상 그 이하로도 생각하지 않은 것이오. 아끼는 장난감을 부쉈을 때 어린아이가 화를 내는 것과 같이, 아루타가 반으로 찢겨 죽었을 때 흑설이는 그냥 화를 냈소."

"……."

"진 소저."

"네?"

"흑설이 곧 우리 곁을 떠나오. 그 사실에 관해 어떤 감정을 느끼시오?"

"……."

"슬프시오? 아니면 아쉽소?"

"답을 알면서 묻지 마세요."

"정말로 아무것도 느끼지 못하오?"

"그녀가 처음 들어왔을 때부터 지금까지……. 제가 흑설이를 아낀 이유는 월랑께서 그 아이를 아꼈기 때문이에요. 그외에 다른 이유는 없어요."

"그대도 천살성일 수 있소."

"전 누군가를 죽이고 싶다고 생각한 적이 없어요, 월랑. 전천살성이 아니에요."

"……"

"날 믿어줘요."

"알겠소."

피월려는 바로 몸을 돌렸다. 그러자 진설린이 처음으로 바느질을 멈추고 서둘러 물었다.

"어디 가세요?"

피월려는 고개도 돌리지 않고 대답했다.

"박소을 대주님을 만나러 가오. 혼사에 대해서 물을 것이있소."

진설린은 갑자기 생각이 났다는 듯 입을 살짝 벌렸다.

"아! 죄송해요. 박 대주님께서 월랑에게 자기의 처소로 오라고 전해 달라 하셨어요. 아마 박 대주님께서 하실 말씀이 있으신 것 같던데요."

아마도 진설린의 혼사 문제 때문일 것이다.

피월려는 시시비비를 가릴 생각이었지만 박소을이 먼저 그를 보자고 했다면 이미 모든 안배가 준비되었을 가능성이 컸다.

그렇다면 아마 명령이 기다리고 있을 것이다.

피월려는 심호흡을 하며 감정을 추슬렀다.

"알겠소. 그럼 잠시 박소을 대주님을 뵙고 오겠소."

그는 방문을 열어 나갔고, 그 뒷모습을 걱정스러운 눈길로 진설린이 바라봤다.

*   *   *

복도를 걸어 박소을의 방 앞에 도착한 그는 굳게 닫혀 있는 방문을 보고 이상하다고 느꼈다.

눈으로 보이는 광경은 전과 다를 것이 전혀 없었지만 기감으로는 무언가가 느껴졌기 때문이다.

그는 경계 어린 시선으로 방문을 주시하며 몸의 내력을 끌어 올렸다.

그런데 갑자기 방문이 아지랑이처럼 흔들거리더니 그 앞에 어떤 여인이 나타났다.

평범한 외모의 평범한 시비 복장을 하고 있었지만, 피월려는 그것이 주하가 항상 입고 다니는 옷과 매우 유사하다는 것을 눈치챘다.

얼핏 여인의 몸을 두드러지게 나타내어 그 아름다움을 더하는 것처럼 보이지만, 실상은 관절이 움직이는 곳과 살이 쓸리는 곳만 교묘하게 몸과 밀착시켜 험한 움직임을 하더라도 방해하지 않게 만든 옷이다.

제이대에 속한 여인임이 틀림없었다.

피월려는 박소을의 전속대원이 원설이라는 이름을 가지고 있다는 것을 기억했다.

"원 소저가 아니시오?"

여인은 원래부터 차가운 눈빛을 가지고 있었는데, 피월려가 이름을 말하자 그 차가움이 더욱 강해졌다.

"제 성을 어찌 아십니까?"

목소리 자체는 얼굴보다 젊은 듯했다. 피월려가 대답했다.

"박 대주께서 전에 언급하신 적이 있소. 본인에 대해 이야기하는 것을 싫어한다고 하시긴 했었소만."

원설은 피월려의 눈을 빤히 바라보며 대답하지 않았다. 그녀는 경계를 늦추지 않으며 말했다.

"한 가지 묻고 싶은 것이 있습니다."

"물으시오."

"제가 여기 숨어 있었다는 것을 미리 눈치채신 것 같았습니다. 맞습니까?"

"아, 소저의 기운이었군."

원설의 눈빛에 이채가 띠었다.

"제 은신술을 간파하신 겁니까?"

"그것은 아니오. 단지 이상한 기운이 느껴졌을 뿐이오. 그것이 누군가가 숨어 있는 것이라고는 생각하지 못했소."

피월려는 변명했지만 원설은 만족하지 못한 듯 눈길을 돌리며 깜박였다.

"그래도 제 기척을 느끼긴 느끼셨군요."

"……."

"더 물어도 되겠습니까?"

피월려는 손을 뻗었다.

"그 전에, 나도 한 가지 묻겠소."

"무엇입니까?"

"왜 밖에 나와 계시오? 박 대주께서는 안에 계시지……."

"없습니다. 오실 때까지 제가 방을 지키고 있었습니다."

"그럼 어디로 가면 뵐 수 있소?"

"피 대원께서는 지금 박 대주님의 거동을 묻는 것입니까?"

어조는 담담하고 일정했지만 표정은 불쾌감이 잔뜩 묻어나와 있어, 말이 진짜 의미하는 바를 잘 설명해 주고 있었다. 감히 그런 것을 묻느냐는 뜻이다.

사실 그녀의 말이 옳았다. 하지만 피월려는 당당히 물어볼 권리가 있다.

"대주께서 내게 직접 오라 했소. 그것도 즉시 말이오. 그러니 급한 일이 아니겠소?"

"전 대주님께 들은 것이 없습니다."

"없을 리가 없잖소. 항시 대주 옆에 계시는데 왜 대주의 명령을 모른다고……"

"지금 제가 박 대주님의 옆에 있습니까?"

"……"

"전 항시 옆에 있지 않습니다. 따라서 대주님의 명령을 모를 수도 있습니다. 또한 중요한 사항이면 제게 알려주셨을 겁니다."

"……"

"대주께서 언제 돌아오실지 알지 못합니다. 허니 여기서 기다리든 아니면 다시 찾아오든 하십시오."

피월려는 기가 막혀 웃어버렸다. 화가 날 법한데, 전혀 반박할 수 없는 그녀의 논리 때문인지 나던 화도 차갑게 식어버렸다.

피월려는 방문 옆에 털썩 주저앉고는 그녀를 올려다보았다.

"난 최면이 빠르오. 그러니 무슨 일이 생기거든 알아서 조치해 주시오."

"그건 주 대원이 할 일이지, 제가 할 일이 아닙니다."

"주 소저를 아시오?"

"이대원 중 전속대원으로 임명받은 자는 고작 여섯입니다. 저 또한 그중 하나이니 거기 속한 주 대원을 모르진 않습니다."

"그녀와 친하시오?"

"서로 이름만 알 뿐입니다."

"그렇다면 혹 그녀가……."

"그 이상은 주 대원에게 직접 물어보시지요. 지금 이 자리에 있으니 말입니다."

피월려는 피식 웃으며 말했다.

"원 소저는 다른 사람의 말을 끊는 것을 참으로 좋아하는 듯하오."

"언짢으셨다면 죄송합니다."

전혀 죄송하지 않는 표정과 말투로 원설이 사과했다.

참으로 재수 없는 여자다.

피월려는 잠시 고민하다가 결심하고는 주하를 찾았다.

"주 소저, 잠시 나와 보시오."

주하는 피월려 앞에 모습을 드러냈다.

"무슨 일입니까?"

피월려는 사악한 미소를 슬쩍 지으며 물었다.

"여기 원 소저가 주 소저에게 직접 물으라 하니 그럴 수밖에 없어 불렀소. 주 소저가 생각하기에 원 소저는 어떤 사람 같소?"

말이 끝나기 무섭게 원설이 고개를 휙 돌려 피월려를 노려보았다.

"제 이야기를 왜 다른 이에게 묻는 것입니까?"

피월려는 능글맞은 미소로 화답했다.

"방금 소저가 말하지 않았소? 주 소저에게 물으라고. 그러니 나는 주 소저에게 묻는 것이오."

"그것은 주 대원에 관한 것을 주 대원에게 물으라는 말이었습니다. 왜 제 이야기를 주 대원에게 하는 것입니까?"

"엄밀히 말하면 원 소저의 이야기를 주 소저에게 하는 것이 아니요. 단지 원 소저의 이야기를 주 소저에게 묻는 것이오."

"그것이 그것 아닙니까?"

"어찌 이야기를 하는 것과 질문하는 것이 같은 것이오?"

"이… 이……."

주하는 한심하다는 표정으로 피월려를 내려다보더니 곧 모습을 감추며 한마디를 남겼다.

"이 유치한 짓거리에서 빠지겠습니다."

그 말을 들은 피월려는 소리를 내며 웃었고, 원설은 사라지는 주하를 노려보며 받아쳤다.

"유치한 짓거리라니? 무슨 뜻이지?"

사라진 주하는 대답하지 않았다. 원설은 격한 감정을 얼굴에 그대로 드러내며 분개했고, 그 화를 뿜어낼 수 있는 유일한 출구인 피월려를 무시무시한 눈빛으로 노려보며 따지고 들려 했다.

그런데 피월려의 앞에 불쑥 어떤 인형이 나타났다. 원설은 그 인형이 박소을이라는 것을 알고는 당황하여 고개를 푹 숙였다.

박소을은 특유의 미소를 지으며 말했다.

그의 시선은 원설을 향해 있었지만 말의 대상은 피월려였다.

"언제나 냉정하고 이성적인 원설을 이리도 몰아붙이다니 역시 피 대원의 설검(舌劍)은 가히 신화경의 수준이오."

피월려는 갑자기 나타난 박소을을 보곤 자리에서 일어나 포권을 취하면서 대답했다.

"대주님을 뵙니다. 기다리고 있었습니다."

박소을은 방문을 활짝 열고 들어가면서 말했다.

"들어오시오. 기다리게 해서 미안함을 느끼는 것은 사실이지만 기다리는 동안 꽤 재미있는 시간을 보냈던 것으로 생각되는바, 딱히 사과하진 않겠소."

"……."

박소을의 말에는 항상 뼈가 숨겨져 있다. 있는지 없는지 잘 파악도 할 수 없는 물렁뼈다.

그들은 어둠이 가득한 방 안으로 들어섰다.

피월려는 앞쪽 자리에 앉으며 뒤를 슬쩍 확인했는데, 원설이 방문을 닫으면서 어둠에 몸을 숨기고 있었다.

밖의 빛이 차단되고 어둠이 방 안을 삼키자 한 치 앞도 보이지 않게 되었다.

그러나 곧 박소을이 어디선가 불빛을 꺼내어 등잔 하나를 밝혔고, 그것으로 박소을의 얼굴이 희미하게나마 보이기 시작했다.

박소을 등잔을 상 앞으로 옮기며 말했다.

"지금 막 지부장을 뵙고 오는 길이오. 지부장께서는 이번 일의 전권을 내게 위임하셨으니, 나와 모든 것을 상의하시면 되오."

피월려는 뭔가 떠오르는 것이 있어 살며시 물어보았다.

"지부장께서 뭔가 바쁘신 일이 있으신 모양입니다."

순간, 박소을의 눈빛이 묘하게 빛났다.

등잔의 불빛이 흔들리며 순간적으로 그리 보였을 수도 있지만 피월려는 뭔가 심상치 않음을 직감했다.

박소을은 피월려의 눈을 똑바로 주시하며 말했다.

"그렇소. 최근 개인적인 일이 있으신 모양이오. 아마 무공에 어떤 깨달음을 얻은 것이 아닌가 하는데…… 혹 피 대원이 아는 것이 있소?"

아마 청룡궁 혹은 용조과 관련된 일일 것이다. 하지만 피월려는 그것을 박소을에게 말할 이유가 없다.

피월려는 애써 웃었다.

"지부장께서 바쁘시다니 무슨 일이 있는가, 해서 물은 것뿐입니다."

"정말이시오?"

"그렇습니다. 대주께서는 무엇이 묻고 싶은 것입니까?"

박소을은 시선을 거두었다.

"아니, 아무것도 아니오. 나 또한 그냥 물은 것이오."

"……"

"하여간 본론을 이야기하도록 하겠소. 그런데 그 전에 한 가지 확실히 해야 하는 것이 있소."

"그것이 무엇입니까?"

"혈교의 일을 주 대원에게 들킨 적이 있소?"

박소을이 이렇게 말하는 것을 보면 주하가 방 안에 들어오지 않았고 이야기를 들을 수 없다는 어떤 확신이 있는 듯했다.

피월려는 안심하며 대답했다.

"없습니다."

"주 대원 말고 다른 이에게는?"

"없습니다. 제 생명이 위험한데 제가 그런 도박을 하겠습니까?"

박소을은 턱을 만지작거리더니 말했다.

"적어도 내가 아는 한, 제이대에 혈교인은 원설밖에 없소. 그러니 혈교의 일을 이대원이 알게 될 경우 원설이 처리하는 데 한계가 있소. 각별히 주의해야 할 것이오."

"전 혈교인이 아닙니다. 그러니 그런 말씀은 혈교인들에게 하시지요."

박소을은 흥미롭다는 듯이 웃었다.

"아직도 그리 주장하는 것이오? 혈교인인 가도무가 피 대원을 살려 보냈다면, 가도무 또한 피 대원을 혈교인이라 인정한 것이오."

"……"

"하여간 혈교에 관해 말이 나왔으니 하나 더 확인하겠는데, 그 은보를 가도무에게 확실히 전해주었소?"

"네, 그렇습니다. 직접 전했습니다만."

"흐음……. 내 예상이 조금 빗나가 혹시 전해지지 않은 것이 아닌가 했소."

"왜 그리 생각하신 것입니까?"

"가도무가 그 은보를 가지게 될 경우 사천당문을 완전히 멸문시킬 수 있다고 생각했기 때문이오. 하지만 그는 그렇게 하지 못했소."

"그럼 사천당문이 아직 건재하다는 말입니까?"

"그것은 아니오. 당문의 주력 중 팔 할이 목숨을 잃었고 집채도 거의 불타, 그들은 지금 봉문한 상태이오. 하지만 멸문은 아니지. 그 점이 내 예상과 다른 점이오."

"……."

피월려는 침묵하며 생각에 잠겼다.

은보는 두 가지 기능이 있다.

만독불침에 거의 가깝게 되어 당문의 삼대극독을 제외한 모든 독에 면역이 된다는 점과 음에 속한 이십 년의 내공을 얻을 수 있다는 점이다.

그런데 피월려는 은보를 가지고 음양합일을 하는 와중에 이십 년의 내공을 모두 흡수해 버려, 사실상 은보에는 내공이 남아 있지 않았다.

만약 은보의 음기까지도 가도무에게 전해졌다면 필히 박소을의 말대로 가도무는 사천당문을 멸문시킬 수 있었을 것이다.

하지만 내공이 전해지지 않았기 때문에 봉문에서 그친 것이다.

그 모든 것을 이 먼 곳에서 손바닥 보듯 예상한 박소을은 아마 피월려가 그 내력을 흡수했다는 것까지 알아낼 수 있을지 모른다.

그리고 그것이 밝혀진다면 박소을이 피월려를 내버려 둔다는 보장이 없다.

다시 그 내력을 취하려 할 수도 있다.

그렇게 된다면 가뜩이나 역화검이 없어 극양혈마공의 양기를 다루기 힘든 피월려는 목숨이 위험한 지경까지 갈 수 있다.

그는 최대한 마음을 진정시키고 겉으로 당당한 척하며 표정을 굳혔다.

그런 피월려를 박소을은 빙그레 웃으며 내려다보았다. 피월려의 생각을 모르는 것인지, 아니면 알면서도 모르는 척하는 것인지는 오로지 본인만 알 것이다.

박소을이 말했다.

"뭐, 피 대원의 말을 믿겠소. 만약 피 대원이 자기를 위해서 은보를 빼돌렸다면 가도무는 사천당문을 봉문시키지도 못했을 테니까 말이오. 그냥 내 예상이 조금 빗나간 것일 거요."

"……."

"그럼 본론으로 돌아가겠소."

본론이라 하면 당연히 황궁과의 혼사 문제이다.

피월려는 박소을이 뭐라 말하기 전에 먼저 물었다.

"진 소저가 황태자와 혼인을 올린다는 것이 사실입니까?"

박소을은 당연하다는 듯이 고개를 끄덕였다.

"그렇소. 모르고 계신 듯하오만?"

"몰랐습니다. 오늘 들었습니다."

박소을은 기이한 것을 보는 듯한 눈빛으로 피월려를 바라보았다.

"재밌군. 세속과 등을 진 백도문파의 은거기인도 황태자의 혼례 소식은 들었을 터인데……. 무슨 무공을 익히는지 밖과 완전히 벽을 쌓아 놓은 듯하오? 내 듣기로는 소림파의 무공을 보았다 하던데, 깨달음이 있었소?"

피월려는 능글맞은 미소로 말을 돌리는 박소을이 놀리려 그런다는 것을 눈치챘다.

그는 하소연하듯 물었다.

"그것이 중요한 것이 아니지 않습니까? 진 소저가 황태자의 비가 된다면 저는 극양혈마공의 영향으로 죽음에 이르게 됩니다. 이에 대한 방안은 있는 것입니까?"

"아……. 그 이유 때문에 이리도 급히 이야기한 것이오?"

"그럼 달리 무슨 이유가 있다는 말입니까?"

"혹, 사랑하는 여인이 다른 남자의 아내가 된다고 하니……."

"아닙니다."

박소을은 한쪽 입꼬리를 귀에까지 걸치면서 진한 비웃음을 얼굴에 그렸다.

"정말이시오?"

피월려는 불쾌감을 숨기지 않았다.

"진 소저와 저는 천마신교에서 억지로 엮은 사이 아닙니까? 그 목적이 태음강시와 관련되어 있다는 것은 알고 있습니다. 그런데 사랑이라뇨? 무슨 말입니까?"

"내가 피 대원의 나이일 때는 아름다운 여인과 한자리에 있다는 것만으로도 인연을 운운하곤 했소. 진 소저는 중원의 도시 중 두 번째 황도라 불릴 정도로 거대한 이 낙양에서 제일미로 손꼽히는 여인이오. 미모만 놓고 보면 전 중원에서는 다섯 손가락 안에 들겠지. 그런 진 소저와 특별한 인연이 있는데 연모의 마음이 싹트지 않을 수 있겠소?"

피월려는 단호하게 대답했다.

"않을 수 있습니다."

"어찌 그렇소?"

질문이 이상하다. 피월려는 눈썹을 모으며 물었다.

"어찌 그렇다는 말이 무슨 뜻입니까?"

박소을의 비웃음은 사라지지 않았다. 하지만 그의 눈은 더 이상 웃고 있지 않았다.

완벽한 무표정에 입꼬리만 올라간 얼굴은 마치 속에 날카로운 검을 품은 투박한 검집과 같았다.

"아니, 그렇지 않소? 그렇게 아름다운 여인과 매일 음양합일을 하며 몸을 섞는데, 피 대원이 남자인 이상 진 소저에게 특별한 감정을 품게 되어 있소. 그것은 인간이기 때문에 당연한 것이고, 실제로 진 소저에게는 피 대원이 특별한 사람이 되었소. 그녀 입으로는 사랑하는 정인이라 표현하지만 뭐 진실이 어떠한들 피 대원이 진 소저에게 특별한 것은 사실이오. 그런데 피 대원은 진 소저가 마치 특별한 사람이 아니라는 것처럼 이야기하니 의문을 품은 것이오."

"저는 여인을 사랑하지 않습니다."

"왜 그렇소?"

"낭인 시절을 보내다 보면 그렇습니다. 도시와 성을 떠돌면서 칼밥 먹고 사는 신세인데 어찌 한 여자를 사랑할 수 있다는 말입니까? 여자가 필요하면 기방에 가 기녀를 품으면 그만인 것입니다. 또한 흑도의 여인들은 정조에 대해 그리 진지하게 생각하는 편이 아니라 그녀들과도 관계를 맺으면 그만입니다."

"그것이 사실이라면 흑도의 모든 남자는 여인을 사랑하지 않는다는 결론이오. 하지만 한 여인을 사랑하는 흑도의 남자들도 많소."

"그리고 그것 때문에 죽지요."

"……."

"제가 아는 한, 흑도에서 살아남는 남자들은 여인을 도구처럼 취급하여 힘으로 취하고 죽여 버리는 부류와, 성욕을 해결하기 위해 기방에 들러 오물을 분출하듯 기녀를 취하는 부류밖에 없습니다."

"본인은 두 번째 부류였소?"

"지금도 그렇습니다."

"하! 진 소저와 음양합일이 단지 오물을 분출하는 것이라는 말이오?"

"그렇습니다."

피월려의 목소리는 조금도 흔들림이 없었다. 박소을은 믿을 수 없다는 듯이 눈을 가늘게 뜨며 물었다.

"진심으로 그리 생각하시오?"

"진 소저는 극음귀마공으로 인한, 저는 극양혈마공이라는 마공으로 인한 오물을 서로에게 배출하는 것뿐입니다."

피월려의 눈빛은 조금도 흔들리지 않았다. 그 단호함에 박소을은 조금 놀란 듯 눈을 크게 떴다.

둘의 시선이 한참 서로에게 머물렀다.

박소을이 천천히, 그리고 서서히 고개를 끄덕였다.

"알겠소. 그럼 이야기가 쉬워지겠군."

"말씀하시지요."

"엄밀히 말하면 진 소저는 태자비가 될 수 없소."

"그건 저도 예상했습니다."

"오호, 그렇소?"

"태자비로 내어주기 위해서 진 소저를 태음강시로 만들진 않았을 것 아닙니까? 애초에 천음지체인 그녀를 태음강시로 만든 이유가 본 교에 있는 이상, 태자비로 내어줄 가능성은 없다고 생각했습니다."

"과연 정확하시오. 이번 일은 본 교에서 꾸민 것이 아니라 황궁에서 강압적으로 황룡무가에게 지시한 일이오. 황룡무가가 봉문하며 그 힘이 매우 약해졌다는 소식이 황궁까지 들렸는지 진 소저를 태자비로 보내라는 소식을 가져왔는데, 그 태도가 매우 강경했소. 원래라면 하남성의 실질적 주인인 황룡무가에게 그런 태도를 보일 순 없는데 아마 황룡무가의 속사정을 자세히 안 듯싶소."

"강압적이라면 어느 정도였습니까?"

"이번에 보내지 않으면 태자비가 아니라 단순한 후궁이 될 수도 있다는 것을 돌려 말했소. 황룡무가의 세력이 약화된 이상 그 배경이 절실하지 않게 되었으니 말이오."

"그럼에도 일단 태자비로 받아주기는 하겠다는 것이군요."

"일전에 황태자가 전 중원을 여행하다 황룡무가에 신세를 진 적이 있소. 그때 진 소저를 먼발치에서 보고 한눈에 마음을 빼앗겼다 하오. 솔직히 황궁의 어느 세력도 무림세가의 여식을 태자비로 들이고 싶어 하지 않을 것이오. 하지만 결국 그렇게 결정 난 것은 황태자가 그녀를 황태자비로 강력히 밀어붙였다는 것이오."

"여자 하나 때문에 나라의 주인이 될 황태자가 불문율을 어기게 되었군요."

피월려가 말하는 불문율은 무림과 황궁은 서로 상종하지 않는다는 것이다.

박소을은 턱을 쓸면서 말했다.

"그 불문율은 암묵적으로 언제나 어겨져 왔소. 아무리 무림이니 중원이니 떠들어도 결국 하나의 세상이오."

피월려는 씁쓸히 웃으며 말했다.

"무림과 황궁은 서로 상종하지 않는다는 말은 역시 우물 안 개구리에게나 적용되는 말이군요."

"황궁에서 전 중원의 치안을 감당하는 것은 어불성설이오. 세금만 잘 거두어들일 수 있다면 각 지역의 무림방파에게 치안을 맡기는 것이 당연하고, 그 와중에 무림방파는 무력을 기르게 되니 서로 무력의 충돌을 피하기 위해서 상종하게 되지 않은 것이오. 이번 일은 무림방파의 여인 한 명을 황태자비로 들이겠다는 것. 그것은 세력의 판도를 바꿀 수 있는 수준이오. 확실히 황태자가 지나친 감이 있소."

"황궁에서는 황룡무가의 힘이 약해질 대로 약해졌으니 황태자비로 받아도 다른 무림방파에서 크게 뭐라 하지 않을 것이라 쉽게 생각한 듯합니다."

"황궁이 아니라 황태자가 그리 생각한 것이오. 젊은 황태자가 사랑에 눈이 멀어 생각이 짧아진 것이오. 만약 태자비가 된 진설린이 황자를 낳아 그 황자가 왕이 되기라도 하면 어떡한단 말이오? 그렇게 되면 황룡무가의 핏줄에서 황제가 나오는 것이오. 이는 하남성뿐만 아니라 하남성 주변의 산서, 섬서, 호북까지도 엄청난 영향을 미칠 것이오. 그 누구도 반가운 상황이 아니지."

"……"

"본 교 역시 반갑지만은 않소. 말한 대로 태음강시를 태자비로 내어줄 수 없다는 것도 있지만, 진 소저가 정신적으로 매우 불안하다는 점도 있소. 태자비가 된 그녀가 계속해서 본 교에 충성할 가능성은 한없이 낮은 데다가 본 교에 복수하려고 할 수도 있소. 그렇게 되면 일이 너무 커지오."

"무슨 뜻인지 알겠습니다. 어떻게 하든 진 소저가 태자비가 되지 않도록 해야 하는 것이군요."

"그렇소. 그것은 백도나 흑도 둘 다 반가운 상황이 아니오. 그런데 이 와중에 백도에서 무림대회를 개최한다고 하오. 그것은 들었을 것이오."

"예. 전에 말씀드린 대로 태원이가의 사람 중 멸마신검이 개봉에서 무림대회가 개최된다는 말을 했었습니다."

"그것은 백도에서 이번 일에 대해 어떤 계책을 실행하기 위해서 벌이는 일이 분명하오."

"어찌 그리 확신하십니까?"

"제갈세가(諸葛世家) 가주인 능수지통(能手知通) 제갈토는 희대의 천재로 알려져 있소. 백도에 큰일이 있을 때마다 슬기로운 지혜와 천재적인 지략으로 백도무림의 병법가 역할을 단 한 번의 실수 없이 해오고 있소. 또한 기문둔갑의 달인으로 황궁의 진법까지도 책임졌던 사람이니 지(知)에 관해서는 타의 추종을 불허하오. 본 교의 마조대주, 극악마뇌(極惡魔腦) 사무조조차 제갈토를 그 자신보다 위로 평가하오."

한 인물에 대해 뜬금없이 칭찬하는 것을 보니 제갈토가 매우 중요한 인물인 듯싶었다.

피월려가 물었다.

"갑자기 그의 이야기를 왜 하시는 것입니까?"

"그런 그가 지난 세 달 동안 주변의 구파일방과 오대세가에 직접 방문했다는 사실이 마조대를 통해 확인되었소. 그의 움직임은 마조대조차 추적하기 어려울 정도로 은밀하고 빨라, 정확하게 어느 문파를 언제 방문했는지는 알 수 없소. 다만 확실한 것은 매우 심상치 않은 일을 벌이려 한다는 것이오. 그런데 뜬금없이 무림대회를 개최한다는 것을 보면 소림파의 멸문이 기폭제가 되어 계획을 실행한 것이라 볼 수 있소."

"소림파의 멸문이 말입니까?"

"본 교에서는 혹 백도무림에서 어떤 일을 벌일까 깊이 주시했었소. 그런데 소림파가 멸문하기 전과 그 이후의 움직임이 매우 다르다는 것을 알게 되었소. 이는 소림파가 멸문하기 전까지는 백도문파에서도 제갈토의 계획을 선뜻 받아들이지 않았다는 뜻이고, 그 이후에는 일사천리로 진행되었다는 것이오."

"그럼 백도문파에서 소림파의 멸문을 이미 알고 있다는 것이 맞겠군요."

"알고 있는 것뿐만 아니라 그에 대해서 어떤 조치를 취하고 있는 것이오. 이번 무림대회를 통해서 말이오. 무슨 속셈인지는 알 수 없지만, 분명한 것은 소림파가 멸문했다는 소식을 듣고서야 겨우 결행할 수 있었을… 백도문파로서 흔쾌히 허락할 수 없었던 계획일 것이오."

"더럽거나 잔인하거나 한 것이겠지요."

박소을은 고개를 끄덕이며 동의했다.

"꽤 치명적일 수 있소. 나의 견해로 그들은 아직 황룡무가
의 배후에 낙양지부가 있다는 것은 알지 못할 것이오. 그러나
어느 정도 의심하고 있을 수는 있소."

피월려는 용안심공을 동원하여 정신력을 북돋웠다.

박소을이 그에게 의논하는 이유는 제삼자의 견해를 원하기
때문이다.

피월려가 물었다.

"우선 무림대회의 표면적인 이유는 무엇입니까? 황태자의
결혼을 축하하는 것이 전부입니까?"

"그것뿐이라면 황궁에 충성심이 전혀 없는 무림인들이 대회
에 참가할 리 없소. 대회에 참가하여 수상한 상위 십 인에게
는 상금을 주고, 상위 삼 인에게는 무공을 하사하고, 우승자
는 황궁제일미과 혼인할 수 있소."

황궁제일미라면 피월려도 들어본 일이 있었다.

그녀는 전 중원에 모르는 사람이 없을 정도로 유명한 인물
이었다.

"황궁제일미라 하시면? 이명공주를 말씀하시는 겁니까? 설
마 공주를 상금으로 내건 겁니까?"

"그녀는 공주라 하나 전 황제 후궁의 손녀이오. 천출 출신
에 현 황제와도 오촌이나 되고 황궁에 세력도 없소. 단지 외

모 하나로 명맥을 유지하고 있는 여인이오. 그러니 결국 북쪽 오랑캐에든 남쪽 오랑캐에든 팔려갈 신세이오. 중원의 남자와 혼인하는 것은 그녀에게도 그리 나쁜 일은 아닐 것이오."

그 말을 들은 피월려가 깊이 숨을 들이마시며 눈을 감았다. 박소을은 피월려가 뭔가 숙고하고 있다는 것을 눈치채고는 조용히 기다려 주었다.

곧 피월려가 입술을 뗐다.

"흐음……. 그 점이 조금 이상하지 않습니까?"

"어떤 부분에서 말이오?"

"아무리 무림대회라고 하지만 공주를 상금으로 거는 것은 조금 지나친 감이 있습니다."

"무림대회에서 여인을 상금으로 거는 것은 비일비재하오. 신흥 세력이나 거상에서 강한 자를 포섭하기 위한 매우 흔한 수단이오."

"압니다. 하지만 황궁은 신흥 세력도 거상도 아닙니다. 이미 충분한 무력을 보유한 황궁에서 왜 굳이 무림인을 포섭하려 하겠습니까?"

"아무리 천출이라 하나 황궁제일미는 공식적으로 공주이오. 따라서 그의 부군이 되는 무림인도 황궁의 손아귀에서 자유로울 수 없소. 아마 그를 장군으로 임명하고 무림인의 무공으로 황군의 무공을 좀 더 발전시키기 위함이 아니겠소."

"전 감옥에서 백운회와 싸워봤습니다. 그들의 무공이 딱히 무림의 것보다 아래라고 생각할 수 없었습니다. 황군에서 무공을 필요하기 때문에 공주를 상금으로 내건 것은 아닐 것입니다. 혹 무림대회의 시일이 어떻게 되는지 아십니까?"

박소을의 눈빛이 날카롭게 빛났다.

"아직 정확한 시일은 모르오. 다만 날씨가 풀리면서 다양한 사람들이 황도로 모여드는 춘분 이후가 될 것임은 자명하오. 그것을 묻는 피 대원은 무슨 생각을 하시는 것이오?"

"아직 시일이 많이 남았군요. 그렇다면 먼저 알아봐야 할 것이 몇 가지가 있습니다."

"오호? 그것이 무엇이오?"

피월려는 헛기침을 한 다음 자신의 생각을 천천히 말하기 시작했다.

*　　　　*　　　　*

한 시진이 흘렀을까? 이야기가 마무리되는 도중, 방 밖에서 어떤 기척이 느껴졌다.

피월려와 박소을이 동시에 말을 멈추었는데, 기척은 다분히 노골적이어서 금방이라도 안에 들어올 것이라는 의지를 표출하고 있었다.

그들의 예상대로 누군가 방문을 활짝 열고 들어섰다. 천서휘였다.

"장로님. 정말로 스승님께서……."

무례한 행동에서부터 그가 화가 나 있다는 것을 알 수 있었다.

어조 또한 방 안에 사람에게 하는 것치고는 매우 높고 컸다.

박소을의 위치를 생각하면 천서휘도 마음을 단단히 먹은 것이 분명한데 그는 끝까지 말을 잇지 못했다.

천서휘의 복잡한 시선은 피월려에게 머물러 있었다.

찰나 후, 그의 얼굴이 잔뜩 일그러지며 박소을에게 따지듯 물었다.

"박 대주님……. 왜 피 대원이 여기 있는 것입니까?"

호칭이 바뀌었다.

천서휘의 표정은 어린아이가 봐도 간신히 이성을 유지하고 있다는 것을 알 수 있을 정도였다. 그의 억하심정에 박소을이 차분히 물었다.

"천 대주께서는 왜 여기에 찾아온 것이오? 나는 부른 적도 없소만."

천서휘는 마음대로 피월려 옆에 앉았다. 피월려는 아무런 제지도 하지 않는 박소을의 속내가 궁금하면서도 천서휘가 이곳에 온 이유 또한 궁금해졌다.

천서휘가 거칠게 숨을 내쉬면서 감정을 가까스로 다스렸다.

박소을의 부드러움은 그 속에 칼을 품고 있다는 것을 잘 알기 때문에 천서휘도 최대한 예를 갖추려 노력했다.

"제가 여기 온 이유는 한 가지 시시비비를 가리고자 함입니다."

들어올 때의 패기보다는 많이 유해진 말투였다. 하지만 천서휘의 눈빛만큼은 그대로였다.

"말씀하시오, 천 대주."

"지부장님께서 이번 일의 전권을 위임했다 들었습니다. 그것이 사실입니까?"

"그렇소. 지부장님께서 내게 전권을 위임했소."

"그렇다면 이번 일에서 제삼대를 완전히 제외한 것도 박 대주님의 독단적인 결정이라는 겁니까?"

"그렇소."

으드득!

쿵!

천서휘는 이를 가는 것과 동시에 양 주먹을 쥐고 바닥에 내려쳤다.

피월려는 이대로 천서휘의 목이 떨어지는 건 아닌지 흥미롭게 바라봤지만 그런 일은 벌어지지 않았다.

천서휘가 씹어 내뱉듯 말했다.

"박 대주님에게 그런 권한은 없습니다!"

"있소. 전권을 위임받았다는 말을 스스로 하지 않았소?"

"아무리 박 대주님께서 장로라 하나 직책상으로는 나와 동일한 대주입니다. 낙양지부 전체가 감당해야 할 중요한 임무에서 제삼대만 제외하실 수는 없습니다."

"할 수 있소. 다시 한번 말하지만, 전권을 위임받았으니 이일에서만큼은 내 명이 곧 지부장의 명이오. 따지려거든 지부장에게 따지시오."

"지부장님이 지부에 계시지 않다는 것은 대주께서 더 잘 아시잖습니까?"

"그렇다면 유감이오. 천 대주는 내 명을 따르는 수밖에 없겠군."

천서휘는 입을 벌리더니 허탈한 숨소리를 내었다.

분노가 극한을 넘어서니 오히려 그것을 느끼지 못하게 된 것 같았다.

피월려는 여전히 흥미롭게 천서휘를 보았다. 그가 어떻게 나올지 전혀 예측할 수 없었기 때문이다.

뜻밖에 천서휘는 경멸의 눈빛으로 박소을을 보았다.

"태생마교인이 아닌 박 대주님의 진면목을 본 사람은 아무도 없습니다. 박 대주님의 별호인 현무인귀(玄霧人鬼) 또한 그리 탄생한 것입니다. 하지만 그 별호 속에는 마(魔)가 없습니다."

"하고 싶은 말을 하시오, 천 대주."

"박 대주님이 처음 장로가 되신 것도 전대 교주님의 일방적인 후원으로 가능했다는 것을 모르는 사람은 없습니다. 전대 교주님이 물러나시고 그 입지가 좁아지신 박 대주님은 실제로 본 교와 멀리 떨어진 이곳에서 지부장도 아닌 한낱 대주의 자리에 계십니다. 이는 본 교 내에서도 박 대주님을 믿는 사람이 아무도 없다는 뜻입니다."

"요점을 말하시오."

"본 교에서 충성심을 인정받지 못한 박 대주님께서, 독단적으로 낙양지부에서 태생마교인으로만 이루어진 제삼대, 저와 제 대원들을 임무에서 제외하는 것은 그 의도가 매우 의심스럽기 짝이 없습니다. 이를 해명해 주시기 전까지는 한 발짝도 움직이지 않을 것입니다."

정적이 찾아왔다.

박소을은 가소롭다는 듯한 눈빛으로 천서휘를 내려다보았

지만 마기나 살기를 풍기진 않았다. 천서휘는 보는 것만으로 뚫어버릴 듯한 강한 눈빛으로 눈 한 번 깜박이지 않고 박소을을 쳐다보았다.

그 사이에서 피월려는 온갖 상상을 해보았다.

천서휘의 목이 떨어진다든가, 천서휘의 심장이 꿰뚫린다든가, 천서휘의 단전이 도려진다든가……. 하지만 현실적으로 그런 일이 일어날 리는 만무했다.

천서휘는 대주지만, 그를 부를 때는 모두 천 공자라 한다. 예의상이 아니라, 실제로 그렇게 부른다.

그가 천마신교를 이끌어가는 천마오가 중 현천가의 공자 신분에 있기 때문이다.

박소을이 현천가 모두를 적으로 돌리려는 생각이 아니면, 마땅한 명분 없이 그를 죽일 수는 없었다.

긴 침묵을 먼저 깬 것은 박소을이었다.

"본 교에 충성심이 남다른 천 대주가 충분히 그리 생각할 수 있다고 보오. 하지만 장로직에 있는 나에게 이리 무례하게 군다면 그 책임을 온전히 감당하기 힘들 것이오."

"압니다. 그러나 아직 제 의혹을 해결해 주시지 않으셨으니 더 결례를 범하겠습니다."

천서휘의 다부진 입술에서 의지가 엿보였다.

피월려는 천서휘가 강하게 나가는 것에 한편으로 놀라면서 한편으로는 자괴감이 들었다. 아무런 배경이 없는 그는 그의 생명 줄을 쥐고 있는 박소을 앞에서 여러 번 굴욕을 맛봐야 했기 때문이다.

피월려는 마음속 어디선가 천서휘를 응원하고 싶은 묘한 기분을 느끼면서 실소했으나, 입 밖으로 소리 나지 않게 얼른 틀어막았다.

다행히 소리는 나지 않았는지 그 둘은 피월려에게 관심을 두지 않았다.

박소을은 천서휘의 눈길을 마주보며 말을 꺼냈다.

"내가 제삼대를 제외시킨 것은 매우 간단한 이유에서였소."

박소을이 한 수 접다니. 피월려는 눈을 동그랗게 뜨고 박소을을 보았다.

그러나 박소을의 시선은 여전히 천서휘에게 고정되어 있었다.

천서휘가 물었다.

"그것이 뭡니까?"

"이번 임무는 천마신교의 특색이 드러나선 안 되는 일이오. 이 일을 진행함에 있어 천마신교의 개입이 있다는 것까지 들키는 것은 허용할 수 있다 쳐도, 천마신교가 주도했다는 것까지 들킨다면 낙양지부의 존재까지도 발각될 수 있는 것이오."

"그것과 제삼대를 제외한 것은 무슨 상관이 있습니까?"

"제삼대의 인물들은 태생마교인으로 어렸을 때부터 정통 마공을 익힌 자들이라 마교인의 특색이 너무 강하오. 따라서 그들을 사용하는 것은 바람직하지 않소."

"다른 대원들도 마공을 익혀 몸에서 마기가 새어 나옵니다. 이는 마인의 특징이지 태생마교인의 특징이 아닙니다."

"내가 말하는 것은 마기뿐만이 아니오. 삼대원들은 말투와 걷는 품새 그 자체에서부터 마교인의 특색이 묻어나오. 한마디만 주고받아도 그들의 사상이 중원의 것과 판이하게 다르다는 것을 알 수 있소. 그런 그들이 천마신교의 마공까지 쓰면 이는 본 교에서 직접적으로 영향력을 행사했다는 반증이 돼버리오."

"……."

"하지만 제오대나 여기에 있는 피 대원만 해도 그런 점을 찾아볼 수 없소. 그마나 증거는 마공인데, 마공 하나만 가지고 천마신교를 운운한다면 천마신교는 이미 전 중원에 퍼져 있는 명실공히 최고의 무력 집단일 것이오. 중원에는 천마신교의 교인이 아니더라도, 금단의 마공을 익혀 마인이 된 자들이 수두룩하오. 그리고 진흙탕 싸움에는 쉬쉬하면서도 그런 자들을 고용하는 것이 현실이오. 만약 노출된다 하더라도, 즉시 천마신교가 의심받는 일은 없소."

"……."

"이것이 내 대답이오. 천 대주는 이제 납득이 되었소?"

전혀 납득되지 않는 눈치다.

하지만 그는 논리적으로 박소을의 말을 반박할 여지를 찾지 못했는지, 화가 가득한 눈동자만 이리저리 굴릴 뿐 대꾸하지 못했다.

연륜의 차이가 극명하게 나타나는 상황이다.

피월려는 천서휘가 감정을 앞세우는 버릇을 고치지 못하면 절대로 대성할 수 없다고 생각했다. 그 치명적인 약점 때문에 피월려에게는 검으로 당하더니, 여기서는 박소을에게 말로 당하고 있다.

천서휘의 얼굴이 이내 붉으락푸르락해졌다.

분노가 나갈 길을 찾지 못하고 속에서 들끓었기 때문이다.

그는 이를 바득 갈며 몸을 배배 꼬았는데, 그 와중에 자연스럽게 고개가 돌아가며 피월려를 보게 되었다.

본인은 몰랐지만 피월려의 눈빛에는 연민이 담겨 있었다. 한심하다는 생각이 그대로 나타나고 있던 것이다.

천서휘의 표정이 딱딱하게 굳었다.

그것을 본 피월려는 얼른 속내를 숨겼지만 이미 천서휘는 눈빛을 통해 생각을 모조리 읽은 후였다.

천서휘는 한숨을 거칠게 내쉬고는 박소을에게 고개를 확 돌렸다.

"이자는 왜 여기 있는 겁니까?"

박소을의 눈썹이 꿈틀거렸다.

"이자라고 했소? 직위상으로 낮다고 하나, 같은 지마급 고수이오. 말을 함부로 하지 마시오."

천서휘는 그의 말에도 거침없이 대답했다.

"이제 갓 본 교에 입교한 피 대원이 왜 여기 있느냐 이 말입니다!"

"내가 피 대원을 부르든 말든 천 대주가 상관할 일이 아니오."

"흥! 피 대원과 계획을 의논한 것입니까?"

"내가 그 질문에 대답할 이유는 없소."

"역시 그렇군요! 본 교에 입교하긴 했으나 십만대산을 구경조차 한 적 없는 이 낭인과 계획을 의논하면서! 낙양지부에서 태생마교인의 입장을 대변하는 제게는 단 한 마디 상의 없이 제삼대를 제외하신 겁니까! 난 도저히 박 장로님의 말을 믿을 수 없습니다."

"적당히 하시오, 천 대주. 참는 데도 한계가 있소."

박소을은 처음으로 역정을 냈다. 하지만 그조차 천서휘에게는 영향이 없는 듯했다.

"그럼 참지 마시지요!"

괴성이라 해도 믿을 수 있을 만큼 큰 소리였다. 천서휘는 벌떡 일어나면서 계속해서 소리쳤다.

"지금! 이 상황! 이런 것을! 참아내는 것 자체가! 그 자체가⋯⋯."

천서휘의 목소리는 끝에 가서 급격히 줄어들었다. 그리고 흔들리기까지 했다.

"소을 숙부님이⋯ 마교인이 아니라는 뜻입니다."

"⋯⋯."

"마교인답게 검을 드시지요. 마교인답게 검으로 승부를 내십시오. 숙부님은 진정 마교인이 아닌 것입니까? 그런 것입니까? 아버님이 돌아가시고 숙부님은 달라지셨습니다."

설마 우는 것인가? 천서휘는 분노에 미쳐 소리치는 것 같아 보였지만, 피월려는 그가 울음을 참아내고 있다는 생각을 지워낼 수 없었다.

그러나 그런 그를 바라보는 박소을의 시선은 냉혹하기 짝이 없었다.

"교주는 교주가 됨으로 다른 어떠한 사람도 될 수 없소. 전대 교주 천각님은 교주였을 뿐, 그 외에 어떤 것으로도 기억돼선 아니되오. 천 대주는 아버지가 없는 것이고 나는 형님이 없소."

"……."

"검으로 승부하길 원한다면 그렇게 하도록 하겠소. 천 대주. 하지만 천마급인 나와 지마급인 천 대주와의 승부는 하자마자 명확한 결과로 귀결되오. 따라서 대리인을 세우겠소. 피대원."

피월려는 순간 귀를 의심했다. 박소을이 그를 부를 줄은 몰랐기 때문이다.

"피 대원."

박소을이 두 번 말하고서야 피월려는 포권을 취했다.

"예."

박소을은 천서휘에게 시선을 돌리며 말했다.

"천 대주는 피 대원과 비무하시오. 생사혈전이라 해도 상관없소. 그를 꺾을 수 있다면 천 대주의 생각을 고려하여 임무에서 제삼대를 제외하지 않겠소. 하지만 만약 천 대주가 패배한다면 조용히 제삼대와 지부에 남으시오."

그의 말이 떨어지기 무섭게 천서휘의 눈에서 강력한 투지가 발산되었다.

격해진 감정에 더해진 투기는 옆에서 느끼는 것으로도 질려 버릴 정도로 강렬했다.

피월려는 어이가 없어 입을 살포시 벌리고는 옆에 선 천서휘를 올려 보았다. 천서휘는 그를 내려다보고 이를 드러내며 광소했다.

"크하하! 좋습니다. 어차피 그는 나와 비무하기로 했었습니다. 잘되었습니다. 그렇지 않나, 피월려?"

피월려의 얼굴에는 난감한 기색이 역력했다.

*　　　　*　　　　*

연무장으로 걸어가는 도중, 피월려는 박소을의 지략에 감탄하면서도 그가 얄밉기 그지없었다.

피월려는 억울한 듯 박소을을 몇 번이나 애처롭게 보았지만 박소을은 빙그레 웃을 뿐, 그의 사정을 고려할 생각이 전혀 없는 듯했다.

천서휘가 그리 무례하게 굴었음에도 박소을은 이렇다 할 처벌을 내리기는커녕 먼저 한 발자국 물러나 주기까지 했다.

처음에는 박소을 또한 천서휘의 배경이 두렵거나 꺼림칙하기 때문에 그러는 것인 줄 알았는데, 천서휘가 숙부라고 했던 것을 보면 특별한 정 때문이라 볼 수 있었다.

피월려는 그것을 다시 확인하고자 앞서 위풍당당 걸어가는 천서휘에게 들리지 않도록 손으로 가리고 박소을에게 조용히 말했다.

"죽여도 됩니까?"

박소을은 짐짓 못들은 척했지만 전음으로 대답했다.

[죽이지 말고 이기시오.]

생사혈전을 해도 좋다고 할 땐 언제고.

피월려가 다시 물었다.

"무슨 사이이십니까?"

[이젠 아무런 사이도 아니오. 나는 전대 교주와 의형제를 맺었었고, 천 대주는 전대 교주의 아들이었소. 전대 교주가 없는 이상 그와 나는 아무런 연결 고리가 없는 남남이오.]

"다시 묻겠습니다. 죽여도 됩니까?"

[죽이지 말고 이기시오. 일을 복잡하게 만들지 마시오. 이건 명이오.]

"…존명."

[충분히 이길 수 있다 보기 때문에 천 대주에게 비무를 제안한 것이오. 아니면 내 생각이 틀린 것이오?]

"아닙니다."

박소을의 말을 들어보면 박소을은 피월려가 천서휘를 쉽게 이길 수 있다는 확신을 하고 있다. 피월려는 의외로 쉽게 승리를 점칠 수 있다고 예상했었는데, 박소을 또한 그 생각에 동의하는 것을 보면 피월려의 예상이 틀리지 않음을 말해주고 있었다.

박소을조차 동의하는 방법이니 충분히 써먹을 수 있을 것이다.

피월려는 주먹을 불끈 쥐며 극양혈마공의 마기로 몸을 달구기 시작했다.

그들은 그렇게 연무장에 도착했다. 연무장에는 뜻밖에도 나지오가 있었다.

그는 연한 홍색과 흑색으로 된 무복을 입은 열 명 정도의 사내와 수련 중이었는데, 하나같이 땀을 비 오듯 흘리고 있었다.

나지오가 박소을과 피월려, 그리고 천서휘를 번갈아 보더니 검을 내리고 박소을에게 물었다.

"방 밖에서는 수련하는 법이 없는 박 대주께서 연무장에는 웬일이십니까?"

박소을은 열 명 정도의 사내를 둘러보며 말했다.

"이들이 비무하는 것을 참관하려 왔소. 그런데 보아하니 매화마검수들이 연무장을 사용하는 것 같소?"

나지오는 피월려와 천서휘를 흘겨보며 눈이 휘둥그레졌다.

"예. 오랜만에 합격진을 연습하고 있었습니다만……. 그런데 저 둘이 싸우는 겁니까?"

"그렇소."

"뭐, 일단 저와 매화마검수가 연무장을 쓰고 있으니 다 쓸 때까지 기다리는 것이 형식상 맞겠습니다마는, 한 가지만 약

조해 주신다면 저희가 즉시 물러나도록 하겠습니다."

"무엇이오?"

"간단합니다. 저와 매화마검수도 참관할 수 있게 해주십시오."

박소을은 턱에 손을 한번 가져가더니 고개를 뒤로 돌렸다.

"그건 본인들의 의견을 듣는 것이 좋겠소. 천 대주는 어떻소?"

"상관없습니다."

"피 대원은?"

[명이오. 따르시오.]

말과 전음을 동시에 하는 재주는 제이대를 이끄는 이대주의 것이라 해도 믿을 것 같았다.

"…존명."

"존명이라니? 누가 명이라도 내렸소? 피 대원은 매화마검수들이 참관하는 것을 허락하시겠소?"

능글스러움으로만 놓고 보면 전 지부에 따라올 자가 없는 박소을이 또다시 특유의 미소를 지었다. 피월려는 허탈한 마음으로 대답했다.

"허… 허락하겠습니다."

"그럼 문제는 해결되었군. 오대주는 즉시 연무장을 비워주시오."

"좋습니다. 오랜만에 좋은 구경하게 생겼습니다. 킥킥킥. 모두 들었지? 밖으로 나와. 간만에 지마급 쌈 구경이나 하자."

나지오의 목소리를 들은 매화마검수들은 모두 지친 몸을 이끌고 연무장 밖으로 나왔다.

그들은 걸음 하나 떼는 것도 힘들어 보였는데, 피월려와 천서휘를 바라보는 눈빛에는 무인의 감정이 가득했다.

존경도 있었고, 투기도 있었고, 질투도 있었고, 기대도 있었다.

모두 달랐지만 한 가지 동일한 것은 그들 모두 피월려와 천서휘의 싸움을 보고 싶어 한다는 것이다.

천서휘는 제삼대의 대주로서, 낙양지부에서 태생마교인으로 이루어진 제삼대를 이끄는 수장이다.

오만하며 패기가 넘치는 그의 성격은 때론 모나 보일 때도 있지만 낙양지부 대부분의 무인은 그것이 참으로 남자다운 것이라 생각하며 그처럼 되기를 소원한다.

그는 지금까지 낙양지부 내의 무인들이 삼을 만한 가장 현실적인 목표이다.

피월려도 만만치 않다. 이제 입교한 지 한두 달이 지났을 뿐인데 임무는 하나같이 위험천만하기 짝이 없고 전례가 없는 것이었다.

괴팍하고 속내를 알 수 없는 박소을의 아래에서 제일대라는 무게를 짊어지고도 날이 갈수록 몸과 정신이 상하기는커녕 오히려 발전하는 것이, 이제는 지부 내에서 자존심이 센 마인들까지 그를 인정하지 않는 사람이 없을 정도였다.

한창 물이 오른 이 두 사내의 비무라면 한번 보는 것만으로도 엄청난 깨달음을 얻을 수 있을 것이다.

특히나 지마의 벽을 넘지 못하고 인마에 머물러 있는 매화마검수들은 이번 비무를 관전하는 것으로 지마에 이를 수도 있다.

그들은 피월려와 천서휘의 움직임을 놓치지 않기 위해 눈에 잔뜩 힘을 주었다.

일렬로 자리 잡고 앉은 열 명 정도의 무인이 강렬한 안광을 뿜어내는데, 그것을 본 피월려는 이제야 좀 비무가 실감이 나기 시작했다.

천서휘와 홀로 비무했을 때보다 훨씬 몸이 긴장하는 것 같았고 정신도 들뜨는 것 같았다.

피월려는 용안심공을 일으켜 몸과 정신을 통제했다. 정신적인 영향에서부터 이성을 완전히 보호하는 용안심공의 위력은 그의 마음을 차분히 다루며 극양혈마공으로 인한 마기를 진정시켰다.

피월려가 눈을 뜨니 어느새 천서휘와 그는 서로를 마주 보고 있었다.

피월려는 기둥에 있는 아무런 검이나 뽑아 들었다. 천서휘도 그의 검과 가장 유사한 목검을 꺼내 들었다.

그리고 곧 숨 막히는 대치 상태가 이뤄졌다.

피월려는 전에 천서휘와 싸웠던 것을 기억했다. 피월려의 무형검을 한 끗 차이로 피하면서 피월려가 절대 피할 수 없는 한 수를 준비하여 한 번에 모든 것을 쏟아부었다.

이는 천서휘가 피월려의 발경의 부재를 철저하게 이용한 것이다.

발경을 할 수 없는 피월려로서는 그 거대한 검막을 막아낼 수단이 전혀 없었다.

하지만 지금은 다르다. 물론 어검술을 이룬 역화검이 없어서 전과는 똑같이 발경할 수는 없다. 하지만 중요한 것은 그 사실을 천서휘가 모른다는 것이다.

즉, 전처럼 피월려가 발경할 수 없다는 확신을 가지고 그에 맞춰서 전략을 짜지 않을 것이다.

어검술을 이룬 피월려가 검기를 사용할 수 있게 됐다는 점은 이미 다른 이를 통해서 들어서 알 것이다. 따라서 현재 천서휘는 분명히 피월려가 발경을 할 수 있다고 생각할 것이다.

언제까지 천서휘를 속일 수 있을지 모르지만, 오래 시간을

끌기 위해서는 발경의 활용도를 최대한 줄여야 한다. 검기를
뽑아내는 시간조차 패배로 직결될 긴박한 상황이나 차마 발
경할 수 없는 상황을 만들어서 검기를 사용하지 못한다는 사
실을 들켜서는 안 된다.

피월려는 선공하기로 했다.

제 사 십 사 장(第四十四章)

피월려의 첫 수는 시사검공의 제일초인 정진격이었다. 그것은 시사검공의 가장 기본적인 검세로 검에 마기를 담아 정면의 중앙을 향해 찌르는 것이었다.

천서휘는 눈빛에 의문을 담으면서 그의 검을 휘둘러 피월려의 검을 툭 하고 쳐냈다.

웬만한 사람이라면 그런 검로는 쉽게 회피하며 상황을 유리하게 가져왔겠지만, 천서휘는 항상 검을 맞부딪쳤다.

당당한 승부로써 누가 위에 있는지 적이 확실히 느끼게끔 하는 것이다.

피월려는 그것을 이미 예상했다.

천서휘의 성격상 전과 같은 수법을 사용하지 않고도 이제는 이길 수 있다는 것을 보여주리라 생각했다.

그러면 아무리 단순한 수법이라도 피하지 않고 맞서리라 예상했다.

그래서 피월려는 검이 충돌하는 순간, 오는 길에 계획한 대로 엄청난 마기를 검속에 급격히 집약시켰다.

쾅!

목검이 부딪쳐선 절대로 날 수 없는 소리가 연무장을 크게 울렸다.

피월려의 마기와 천서휘의 마기가 서로를 밀어내면서 주변 공기를 순식간에 터뜨렸기 때문이다.

보통의 목검이었다면 이미 부러지고도 남았지만, 낙양지부 연무장에 있는 목검은 강한 내력을 담고도 멀쩡한 특수한 목검.

양 고수의 손에 들린 목검은 그 형태를 유지한 채로 주인의 힘을 받아 씨름을 하기 시작했다.

둘은 동시에 양손으로 검을 잡았다.

한 손으로는 오래 견디지 못한다는 것을 본능적으로 알았기 때문이다.

교차된 두 목검은 엄청난 마기를 내뿜으며 연무장 전체의 기류를 진동시켰다.

강대한 힘은 멈출 줄 모르고 점차 커졌는데, 어느 순간부터 그 기세가 동일하게 유지되기 시작했다.

검의 고수인 피월려와 천서휘는 동시에 목검이 버텨낼 수 있는 한계점을 파악하고는 거기서 주입하는 마기의 양을 늘리지 않은 것이다.

천서휘는 목검에 연속적으로 마기를 주입하면서 피월려의 생각을 엿보려고 노력했다.

하지만 천서휘는 피월려의 속내를 전혀 이해하지 못했다. 어렸을 때부터 각종 영약을 먹으며 착실하게 마공을 익혀온 그는 같은 지마급이라고 할지라도 주소군 정도가 아니면 비교할 수 없을 정도로 많은 양의 내력을 보유하고 있다.

또한 그가 익힌 가문의 마공은 마공 중에서도 최상급 정통 마공으로, 마인이라면 아무런 부작용 없이 일정 시간 동안 마기를 세 배까지 불릴 수 있다.

그러니 그가 조금 무리해서 내력을 네 배 이상 불려 마기를 생산하면 그 양은 이 갑자를 훌쩍 넘어 거의 삼 갑자에 육박한다.

이 정도는 천마급 마인에게서도 찾아보기 힘든 것으로, 그들조차 천서휘와 비무를 하게 되면 절대로 내력 싸움을 먼저 걸지 않을 것이다.

그런데 최근에 마공을 익혀 이제 갓 이십 년의 내공을 갖추게 된 피월려가 내력 싸움을 걸어온다? 상식적으로 이해할 수 없는 행동이었다.

내력 싸움에서는 오로지 내력의 양(量)이 승부를 결정한다. 내공의 오묘함이나 신비함도, 내력의 특성이나 순수함도 전혀 영향을 미치지 못한다.

그 이유는 내력 자체를 태워 오로지 힘으로만 사용하기 때문이다.

이대로만 유지한다면 천서휘가 유리한 고지를 차지하게 된다.

내력의 양이 압도적으로 많은 천서휘는 피월려의 내력이 고갈될 때까지 기다린 뒤에 상대하면 그만이다.

뒤로 훌쩍 뛰어서 빠져나갈 수 없는 촘촘한 검기를 내뿜으면 그대로 승리할 수 있는 것이다. 그러나 천서휘를 괴롭히는 한 가지 사실이 있었다.

바로 상대가 피월려라는 것이다.

피월려.

그를 향한 현 낙양지부 마인들의 평가는 각양각색이다.

보통의 무림인과 판이하게 다른 길을 걸어와, 개성이 유별난 무림인들 사이에서도 그는 매우 독특한 자이기 때문이다.

하지만 단 한 가지 공통된 의견이 있다면 그의 머리가 비상하다는 것이다.

그 사실을 익히 잘 아는 천서휘는 피월려가 자기한테 불리할 수밖에 없는 내력 대결로 승부를 끌고 나가는 것이 매우 의심스러웠다.

심리를 파악하고 계획을 잘 세우는 피월려가 지난날의 패배를 잊었을 리 만무할 터, 피월려는 분명 승리로 가는 방법을 이미 세워두었을 것이다.

그것이 무엇일까? 천서휘는 고민하고 또 고민했지만, 답을 찾을 수 없었다.

그 와중에도 피월려와 천서휘는 끊임없이 내력을 태우며 힘겨루기를 하고 있었는데, 피월려가 눈 한번 깜박이지 않고 모든 심력을 쏟아내며 집중하고 있는 것이 천서휘에게 보였다.

천서휘 본인은 이런 잡생각을 하면서도 충분히 피월려를 상대하는데, 피월려는 저리도 열심히 집중하고 있다는 사실에서부터 천서휘는 한 번 더 의심하지 않을 수 없었다.

뭔가 있다.

하지만 답을 모르겠다. 천서휘는 포기했다.

어차피 피월려와 머리싸움을 해봤자 이길 자신이 없었다. 하지만 한 가지 할 수 있는 것이 있다.

피월려도 전혀 예상하지 못한 방향으로 움직이는 것이다. 천서휘가 절대로 하지 않을 짓을 하면 적어도 피월려의 예상대로 흘러가진 않는다.

천서휘는 생각했다.

내가 지금 상황에서 절대로 하지 않을 행동. 그것이 무엇일까?

바로 유리한 이점을 포기하고 검을 거두는 것이다. 그것이야말로 천서휘가 절대로 하지 않을 행동이다.

천서휘는 피월려를 보았다. 숨을 헐떡이는 것이 이젠 지쳐 보이기까지 한다.

이대로 그냥 쉽게 이길 수 있지 않을까 하는 유혹이 마음속에서 들끓는다.

하지만 승부에서는 냉정해야 하는 법. 천서휘는 마음을 다잡고 결단을 내려 검을 거두려 했다.

그때였다.

퍼— 엉!

천서휘의 목검과 피월려의 목검이 동시에 중심에서부터 파괴되었다.

목검은 곧 수십 개의 날카로운 조각으로 변하면서 피월려와 천서휘의 내력을 그대로 이어받은 채 사방에 흩뿌려지기 시작했다.

조각 하나하나는 가공할 양의 마기를 가지고 있었기 때문에, 피월려나 천서휘에게도 치명적이다.

천서휘의 뇌리에 순간 속았다는 생각이 들었다. 천서휘가 검을 빼기 위해서 결정을 한 순간, 그 작은 심리의 변화를 피월려가 눈치채고 마기를 급증시켰다.

원래대로라면 천서휘는 부드럽게 마기를 빼내면서 그 기운을 옆으로 흘려보내어 검을 살렸을 것이다. 그런데 막 기를 다루려는 순간 그런 일이 벌어지다 보니 미처 대처하지 못한 것이다.

그 사실에 못내 짜증이 났지만 더 이상 신경 쓸 겨를이 없었다.

내력을 담은 날카로운 나무 파편들이 천서휘와 피월려에게로 뿜어지기 시작했기 때문이다. 천서휘는 어쩔 수 없이 반탄지기를 펼쳐야 한다는 것을 깨달았고, 이는 피월려에게도 똑같이 작용한다는 것까지 알았다.

결국 둘 다 반탄지기를 펼쳐 나무 파편에 담긴 내력을 벗겨내야 한다.

가벼운 나무 파편이지만 내력이 담겼다면 몸을 뚫고 들어올 수 있다.

반탄지기를 펼쳐야 자잘한 상처에서 끝나지, 아니면 크게 다칠 수 있다.

그러니 많은 내력의 소모가 야기되는 반탄지기를 펼치는 동안에는 서로를 공격하지 못해 잠깐의 소강상태가 찾아올 것이다.

소강상태에 돌입하면 어떻게 할까? 좀 더 깊게 생각을 해봐야……

아니, 과연 그럴까?

천서휘는 가까스로 마음의 결정을 번복하여 반탄지기를 펼치지 않았다.

그리고 두 눈을 피월려에게 고정했다.

그 순간, 천서휘는 간담이 서늘해지는 것을 느꼈다.

먹잇감을 노리는 맹수의 눈빛.

피월려의 두 눈은 그것과 같았다.

천서휘가 반탄지기를 펼쳐 몸이 느려지면, 그 순간을 노려 공격하려는 강한 의지가 느껴진다. 그것이 피월려의 계략이다.

천서휘는 몸을 완전히 정지시켰다.

피수숫! 피숫!

나무 파편들이 비처럼 쏟아지는 가운데 피월려와 천서휘는 서로 미동조차 하지 않았다.

반탄지기조차 펼치지 않았다. 그러니 완전한 무방비 상태에서 날카로운 나무 파편에 온몸이 베이고 찢기고 뚫리기 시작했다.

눈에 박히면 실명한다.

심장에 박히면 죽을 수 있다.

머리에 박히면 즉사다.

그런데도 그 둘은 움직이지 않았다.

"아!"

"오!"

관전하던 나지오와 박소을은 동시에 감탄사를 내질렀다. 생명이 위험할 수도 있는 그 순간에, 반탄지기도 펼치지 않고 온몸으로 파편의 비를 맞으면서 살벌한 눈빛으로 미동도 하지 않는 두 사람은 같은 무림인으로서 피를 끓게 만들었기 때문이다.

피월려가 가장 잘 사용하는 수법.

육참골단(肉斬骨斷).

천서휘는 그것을 자기의 살 또한 내주는 것으로 상쇄했다.

마지막 나무 파편이 피월려의 오른손을 훑고 지나가는 것으로 파편의 비는 그쳤다.

이제는 탐색전.

피월려의 눈에 천서휘의 오른쪽 허벅지에 박힌 나무 파편과 왼쪽 쇄골이 보일 정도로 벌어진 상처가 들어왔다. 천서휘의 눈에는 피월려의 복부 깊숙이 박힌 나무 파편과 왼발을 관통하고 바닥까지 박혀 들어간 나무 파편이 들어왔다. 머리를 뒤흔드는 고통을 느끼는 와중에도 그들은 서로의 몸 상태를 자각했다.

두 머리에서 찰나에 작성된 손익계산서.

천서휘는 모든 마기를 바닥까지 끌어모아서 오른손에 집중시켰다.

그리고 오른쪽 다리를 앞으로 내디디며 피월려의 왼쪽 어깨를 공격했다.

이것은 천서휘의 입장에서는 가장 이상적인 공격이다. 시간을 멈춰놓고 무림인들을 모두 모아 이 상황에 천서휘가 어떻게 움직이면 좋겠는가 의논한다면 정확히 지금 행동으로 만장일치할 것이다.

이는 천서휘가 피월려만큼이나 좋은 심공을 가지고 정확한 계산 아래 한 행동은 아니었다.

그를 움직인 것은 그의 선천적인 재능과 무인의 본능이었다.

둘이 입은 상처 중 가장 치명적인 것은 바로 꿰뚫린 피월려의 왼발.

이는 움직임을 완전히 봉쇄하는 동시에 방어 동작까지도 앞으로 나가면서 해야 하는 최악의 상황을 만들었다. 하지만 내력의 힘이 밀리는 피월려는 절대로 천서휘의 공격을 정면에서 막을 수 없었다.

천마신교의 가장 기본이 되는 권공인 마패권공(魔敗拳功).

그 묘리를 담은 천서휘의 주먹이 피월려의 어깨에 거의 닿았다.

승리가 결정되는 순간이다. 그 광경을 관전하던 매화마검수들은 피월려의 왼발을 보는 순간 하나같이 승부가 끝났다고 믿어 의심치 않았다.

하지만 나지오와 박소을의 눈빛은 더욱 가늘어졌을 뿐이었다.

박소을의 눈빛은 무언가 정확히 아는 사람의 것이었고, 나지오는 무언가 기대하는 사람의 것이었다.

천서휘의 주먹이 피월려에게 닿을 때쯤 피월려의 신형이 붕 떠올랐다.

그러고는 마치 안개처럼 천서휘의 시야에서 사라졌다. 천서휘는 허무하게 공중을 훑고 지나가는 주먹을 내려다보며 눈을 의심했다.

환각인가?

"크억!"

옆구리에서 느껴지는 고통은 천서휘의 정신을 일깨웠다. 천서휘는 옆으로 쓰러지면서 고개를 돌려 피월려를 보았는데, 피월려의 다리는 공중에 살포시 뜬 상태로 부유하고 있었다.

피월려는 천서휘가 마지막을 본 자세 그대로 천서휘의 옆구리를 공격한 것이다.

천서휘는 넘어지면서도 초인적인 힘을 내어 균형을 잡으려 애썼다.

하지만 옆구리의 고통이 천서휘의 하반신을 마비시켰고, 그는 또다시 주저앉으려 했다.

피월려는 이 기회를 놓치지 않고 주먹으로 천서휘의 턱을 올려쳤다.

퍽!

몸이 떨어지는 도중 턱이 맞았다. 그것도 내력이 잔뜩 실린 묵직한 주먹이다.

아무리 천서휘가 지마급 마인이라 하지만 이것을 견딜 수는 없었다.

쿵!

천서휘는 대자로 바닥에 드러누웠다.

그러고는 쉰내가 나는 숨을 헐떡이며 멀어져 가는 의식을 간신히 붙잡고 있었다.

그는 눈을 억지로 크게 뜨고 연속적으로 깜박이면서 지금 일어난 일을 이해하려고 노력했다.

환호는 없었다. 단지 정적만이 흐를 뿐이었다. 하지만 그 정적으로 인해 모든 사람은 이 비무가 끝이 났다는 것을 알아차렸다.

승부는 천서휘의 패배로 끝이 났다.

승리했다는 기쁨이 피월려의 마음을 벅차게 만들었다. 하지만 그도 잠시, 그는 자리에 털썩 주저앉으면서 긴 심호흡을 했다.

내력 씨름을 할 때부터 날뛰기 시작한 극양혈마공이 그의 통제를 벗어나기 일보 직전이었다.

피월려는 서둘러 몸에 박힌 나무 파편들을 뽑아내었다. 그러고는 가부좌를 펼쳐 마기를 다스리기 시작했다.

승리의 기쁨을 만끽하기도 전에 생명을 걱정해야 할 정도로 피월려의 무공은 불완전하다.

하지만 정작 패배한 천서휘는 숨을 몇 번 내쉬는 것으로 어느 정도 기운을 되찾았다.

피월려와 다르게 내력이 고갈되지 않았고 별로 지치지도 않았기 때문에 회복이 매우 빨랐다. 그는 절대로 익숙해지지 않는 굴욕적인 패배감을 다시금 느끼면서 자리에서 일어나지 않았다.

단지 고개를 슬쩍 돌려 박소을을 보았다.

천서휘가 물었다.

"금강부동신법. 맞습니까?"

박소을은 빙그레 웃었다.

"그렇소, 천 대주."

어이가 없군. 마인이 금강부동신법을 익히다니.

천서휘는 그렇게 말하고 싶었지만 입술만 움직일 뿐 목소리가 나오지 않았다. 그 착잡한 기분을 이해한 박소을이 말을 이었다.

"약속대로 천 대주와 제삼대는 지부에 남아주시오."

"이미 아셨던 겁니까?"

"몰랐다면 애초에 그런 제안을 하지도 않았을 것이오."

"……"

"몸조리 잘하시오."

박소을은 그답지 않은 명쾌한 웃음소리를 내며 연무장에서 멀어졌다.

그의 말을 듣고 멍하니 있던 나지오는 급히 쫓아가며 진위를 묻기 시작했다.

나지오도 피월려가 금강부동신법을 익혔다는 것을 믿을 수 없었기 때문이다.

피월려는 밖의 상황을 전혀 모른 채, 안의 극양혈마공을 다스리기 위해 용안심공을 극한으로 끌어 올리며 그만의 이차전을 치열하게 치러내고 있었다.

　　　　*　　　　　*　　　　　*

　넉 달이 지나고 봄을 시작하는 춘분이 되었다.

　그동안 천마신교 낙양지부에서는 백도무림을 주시하며 정보를 모아 계획을 논하였을 뿐, 눈에 보이는 어떤 움직임을 취하진 않았다.

　낙양에 거주하는 개방 거지들이 많아지고 주변 구파일방과 백도세가의 움직임이 심상치 않았기 때문에 섣부른 행동을 할 수 없었던 탓이다.

　소림파가 불타고 사천당문까지도 봉문에 이르렀다. 먼저는 황룡세가도 문을 닫았다.

　그런데도 백도무림에서 고작 한다는 것은 무림대회. 적어도 표면적으로는 그것밖에 보이지 않았으니 소강상태가 지속될 수밖에 없었다.

　피월려는 처음엔 괴뢰지를 집중적으로 익혔는데, 아무리 연공해도 지공에 익숙해질 수 없었다.

　그래서 불공의 마공화에 관한 이해를 도와줄 수 있는 부분과 양기를 좀 더 수월히 다룰 수 있는 부분만 익히고 나머지는 깨끗이 포기했다. 그러곤 가도무의 유언대로 서책에 담아 흑설에게 전해주었다.

하지만 양기를 기반으로 하는 터라 내공도 없는 흑설이 당장 익힐 수는 없었다.

결국 가도무의 말대로 피월려도 흑설도 완벽한 괴뢰지를 익힐 수 없었던 것이다. 그 사실이 묘하게 기분이 나빴지만 어찌됐든 흑설은 나중에 나름대로의 방법을 찾아 그것을 익힐 것이다.

그다음 집중한 것은 금강부동신법이었다.

마기로 온전히 펼치기에는 많은 무리가 따랐기 때문에 그 부분을 해결하는 쪽으로 가닥을 잡았다. 그리고 넉 달 동안 꾸준히 수련하니 어느 정도 차도가 보여 이론적으로 가능했던 부분을 모두 실현시킬 수 있었다.

괴뢰지의 이론과 좌추의 이론을 참고하여 완전히 새로운 해석을 담으니 원래 금강부동신법과는 판이하게 다른 신법이 되어 새로운 이름을 붙여야 할 지경이었다. 몇 번의 실전을 거쳐 이론과 현실에 오차가 없다는 것이 증명되면 그때 좋은 이름을 지어줄 것이다.

피월려는 앞에 있는 흑설을 보았다.

아침부터 가부좌를 펼치고 눈을 감고 있는 흑설은 전과는 눈에 띄게 다른 차분한 모습으로 조용히 숨을 고르고 있었다.

어떤 내공을 익힌 것이 아니라 기본적인 토납법을 배운 것

이기 때문에 내공을 수련하는 것은 아니지만, 그와 맞먹는 수
준의 집중을 보이면서 가부좌를 유지하는 것이 저 나이 때에
는 거의 불가능한 것이었다.

토납법을 극대화하기 위해서는 하늘의 기운을 받아야 했기
때문에 그들은 연무장에 들렀다.

그러나 연무장에는 마인들이 이미 상당수 수련을 하고 있
었다.

비무를 하는 자도 있었고 서로 의논하는 사람도 있었다. 낙
양지부에서 나가지 못하니 다들 할 일이 없었던 모양이다.

때문에 방해하지 않기 위해 한쪽 구석에서 흑설에게 가부
좌를 펼치고 토납법을 시켰는데, 사실 효과가 별로 없을 것이
라 생각했다.

연무장이 너무 시끄럽고 기의 흐름도 격해서 피월려조차
집중하기 어려웠기 때문이다.

그런데 흑설은 마치 고요한 산속에서 홀로 수련이라도 하
는 듯이 깊이 집중하여 토납법을 익혔다.

그런 흑설을 지켜보면서 피월려는 다시금 놀라지 않을 수
없었다.

집중력을 다른 말로 하면 노력의 효율이다.

얼마나 적은 시간에 많은 양의 노력을 할 수 있는가이다.

따라서 집중력이 좋은 것은 노력하는 사람에게 가장 큰 축

복이 아닐 수 없었다.

그런 집중력을 선천적으로 가질 수 있는 사람은 거의 없다. 피월려 자신도 살아남아야 된다는 생존 본능에서부터 출발한 집중력으로 지금의 무공을 갖추게 되었다.

누구는 복수심에서부터 출발한 집중력으로 고수가 되고, 누구는 한에서부터 출발한 집중력으로 고수가 된다. 무림의 고수들은 선천적인 재능을 가진 사람이 집중할 수밖에 없는 상황에 놓여 고수가 된 자다.

하지만 결국 그것 때문에 한계가 찾아온다.

지난 반년간의 경험을 통해 피월려 자신도 느낀 점이다. 살아남고 싶다는 생존 본능으로 고수가 된 그의 발목을, 다른 것도 아닌 생존 본능이 붙잡고 있다.

천서휘는 어떠한가? 남들보다 우수해야 한다는 압박감으로 고수가 된 그는 고질적으로 거만하다. 다른 이들은 어떨까? 복수심으로 고수가 된 자는 그 복수심이 가장 큰 문제가 될 것이고 한으로 고수가 된 자는 그 한이 가장 큰 문제가 될 것이다.

그것을 곧 절정이라 부른다.

인간의 몸으로써는 절대로 해결할 수 없는 벽 앞에 섰기에 곧 절정이다.

지금까지 나를 움직인 다리를 부정하는 것이 인간의 힘으

로 가능한가? 그것을 포기하는 것이 과연 가능한가? 피월려는
스스로에게 물었다.

과연 살아남고자 하는 그 욕망을 포기하는 것이 가능한가?
불가능하다.

홀로는 도저히 해결할 수 없는 문제. 피월려는 그것을 해결
한다면 절정을 넘어선 초절정 혹은 천마급에 이를 수 있다고
생각했다.

때문에 피월려는 선천적인 집중력을 가진 흑설이 부러웠다.
이대로만 무공을 익힌다면 그녀는 무난하게 천마급에 이를
것 같았다.

그렇다면 흑설처럼 순수한 집중력만으로 무공을 익히는 것
이 답인 것일까?

"뭘 그렇게 생각하세요?"

피월려는 눈을 껌벅거렸다. 생각을 너무 깊게 한 나머지 눈
에 들어오는 시야조차도 인식하지 못했던 것이다.

그가 보니 흑설이 그 깊고 큰 눈을 뜨고 말똥말똥 쳐다보
고 있었다.

피월려가 무심코 물었다.

"흑설아, 넌 왜 무공을 익히고 싶니?"

생뚱맞은 질문이다. 흑설은 얼굴을 찌푸리며 되물었다.

"갑자기 그건 왜요?"

"궁금해서."

"왜긴요, 세지고 싶으니까 익히죠?"

"왜 세지고 싶은데?"

"그야 죽기 싫으니까요."

"……."

"예화 언니처럼 죽진 않을 거예요. 내게 해코지하는 사람들을 모조리 죽여 버릴 거예요."

"……."

"피월려는 왜 무공을 익히는데요?"

"나야 살아남기 위해서 익히지."

"흐음, 나랑 다르지만 비슷하네요."

"……."

피월려는 속으로 스스로를 비웃었다.

어린아이라고 해서 자기도 모르게 순수하다고 생각했다. 흑설은 아직 어리기 때문에 그녀가 이리도 무공을 깊이 익히는 이유는 순수한 집중력 때문이라고 생각했다.

하지만 그것은 잘못된 생각이었다. 그녀는 그녀 나름대로 한을 품고 무공을 익히는 것이다.

피월려는 하늘을 올려다보며 숨을 내쉬었다.

"결국 불가능한 건가."

그의 독백에 흑설이 물었다.

"뭐가요?"

피월려는 흑설의 머리를 쓰다듬었다.

"지마를 넘는 거. 도저히 모르겠어서."

"그럼 아는 사람에게 물어봐요."

지부 내에 천마급 고수는 서화능과 박소을밖에 없다. 그들이 과연 답을 해줄까?

"글쎄. 하늘이 무너져도 답을 얻을 수 있을 것 같진 않다. 그리고 답을 해줘도 이해 못 할 게 뻔하지."

"흐응. 그럼 머리 아프게 생각하지 마요. 머리 많이 쓰면 흰머리 나요."

피월려는 피식 웃었다.

"어른인 척하지 말고 어서 토납법이나 익혀. 지금 쉬고 싶어서 이러는 거 다 안다."

흑설은 두 손을 내밀고선 고개까지 흔들어 보였다.

"아니에요. 제가 토납법을 멈춘 건 저 아저씨 때문이에요."

피월려는 흑설의 손을 따라 고개를 돌렸다. 그곳에는 한 남자가 서 있었는데, 대강 보니 마조대원인 듯싶었다.

올 사람이 왔다.

피월려가 물었다.

"안녕하시오. 혹 시록쇠 장로님의 일로 오신 것이오?"

도첨마무 시록쇠는 넉 달 후에 흑설을 데리고 다시 찾아오라 했었다.

이제는 헤어질 시간이 되어서 연무장에서 마지막으로 토납법을 가르키고 있었던 것이다.

그런데 마조대원이 손수 찾아온 것을 보면 뭔가 다른 일이 일어난 듯싶었다.

마조대원이 포권을 취하고 말했다.

"시록쇠 장로님께서는 현재 출타 중이십니다. 따라서 오늘 굳이 오시지 않으셔도 될 듯합니다."

피월려가 물었다.

"무슨 일로 출타하신 것이오?"

마조대원이 난색을 표하며 대답했다.

"저희도 알 수 없습니다. 오늘 아침 갑자기 용문석굴을 탐방하시겠다는 글을 방 안에 남기시고 사라지셨습니다. 한 달 안에는 돌아올 생각이 없으니, 그동안은 찾지 말라는 분부십니다. 그래서 피 대원 또한 아셔야 할 것 같아서 찾아왔습니다."

안하무인이라더니, 이 정도일 줄은 몰랐다. 천살가의 입장에서 어찌 보면 가장 중요한 일인 흑설을 내버려 두고 어디로 갔단 말인가?

피월려는 한숨을 내쉬며 물었다.

"그러면 흑설은 어떻게 되는 것이오?"

"수고스럽겠지만 지부에서 한 달 이상은 더 데리고 있어야 할 것 같습니다."

피월려는 못마땅하다는 듯이 그를 보았다.

"이거 곤란하게 되었소. 마조대원이니 잘 아시겠지만, 오늘은 나와 진 소저가 중요한 임무를 시작해야 하는 날이요. 미리 할 수 있음에도 오늘까지 시일을 미룬 것은 다 흑설을 떠나보내는 시간에 맞추기 위함이었소. 이제 나와 진 소저는 꽤 오랜 시간 지부를 비워야 하는데 어린아이인 흑설이 지부에 홀로 있을 수는 없소."

"그 점에 대해서는 혈적현 단주께서 해결한다 했습니다. 혈적현 단주께서 말하길, 서린지 대원께서 맡아주시겠다고 했다 합니다."

넉 달 동안 혈적현은 우여곡절 끝에 제일대에 입대했다. 그리고 그와 동시에 일단주의 직위를 갖추게 되었는데, 비도혈문의 모든 고수들은 그 제일대 제일단에 속하게 되었다.

피월려가 물었다.

"그렇소? 사전에 다 이야기가 된 것이오?"

"예. 때문에 서린지 소저에게 제가 흑설을 데려다주기 위해서 직접 온 것입니다."

"그럴 필요까지는 없소. 내가 직접 하겠소."

"만약 그랬다면 소식만 전했을 겁니다. 현재 이 이야기를 전해 들으신 박소을 대주께서 진설린 대원과 피월려 대원을 부르셨습니다. 바로 일을 진행하려 하시는 듯합니다."

"정말이시오? 사태가 왜 이렇게 긴박하게 돌아가는 것이오?"

"긴박하게 돌아간 지는 꽤 되었습니다. 피 대원이 계신 위치가 어디인지 몰랐기 때문에 소식을 전하는 데 있어 늦어진 것입니다. 알아보니 피 대원의 전속대원이 옆에 계시지 않아서 그렇게 되었더군요. 사실입니까?"

피월려는 넉 달 동안 지부를 나간 적이 없었다. 대부분의 시간을 흑설을 가르치는 데 사용했고 남은 시간도 자신의 수련을 위해서 사용했다.

그래서 주하가 스스로의 수련에 집중하고 싶다고 했을 때도 흔쾌히 허락했었고 그것으로 인해 그녀는 자주 자리를 비웠었다.

하지만 그렇다고 해도 임무가 시작되는 오늘같이 중요한 날을 그녀가 잊어먹은 것일까? 그녀답지 않았다.

피월려가 소리쳤다.

"주 소저. 주변에 있으시오?"

대답이 없었다. 이러니 일이 이렇게 돌아갈 때까지 모르고 있었던 것이다.

피월려는 걱정스러운 마음이 들어 말을 이었다.

"일단 알겠소. 내 박 대주님의 방으로 바로 향하도록 하겠소만, 혹 주 소저의 신변에 이상이 없는지 확인해 주시오."

마조대원은 포권을 취했다.

"알겠습니다. 제이대에 연락해서 그녀의 신변을 알아보겠습니다. 그리고 피 대원께서 향해야 할 곳은 박 대주님의 방이 아니라 대전입니다. 이미 대전에 사람들이 모여 있습니다."

"허……. 그렇군. 내가 많이 늦은 것 같소. 알겠소. 감사하오."

가만히 대화를 듣고 있던 흑설이 끼어들었다.

"그럼 나 오늘 가는 거 아니에요?"

피월려는 무릎을 굽혀 흑설과 눈을 마주쳤다.

"상황을 보니 좀 더 지부에 있어야 할 것 같다. 나하고 진 소저는 밖에 나가야 하니 서린지 소저가 너를 돌봐주실 거다."

"서린지 언니요? 헤에. 재밌겠다."

피월려는 의외로 쾌활하게 웃는 그녀의 머리를 쓰다듬으며 씁쓸한 미소를 지었다.

"그래, 재밌게 지내거라. 혹 운이 좋아 임무가 빨리 끝나면 돌아와서 널 볼 수도 있을 것이다."

"흐응. 그래요? 그럼 얼른 다녀오세요."

"그래, 알겠다. 자, 그럼 흑설을 맡아주시오. 나는 급히 대전으로 가보겠소."

피월려는 마조대원에게 말했고 그는 고개를 숙였다.

"그럼 어서 가보십시오."

피월려는 포권을 취한 뒤 흑설에게 손을 흔들고는 서둘러 걸음을 옮기기 시작했다. 그의 뒷모습을 바라보는 흑설의 큰 두 눈동자에는 의미를 알 수 없는 강한 감정이 가득 차 있었다.

*　　　　　*　　　　　*

피월려가 서둘러 도착한 대전은 이미 엄숙한 분위기가 감돌고 있었다.

중앙에 피곤한 기색의 서화능이 앉아 있었고, 그의 앞에는 팔짱을 낀 박소을 일대주가 서 있었다.

대전을 중앙으로 나눠서 오른편에는 진설린, 주소군, 혈적현과 그를 따르는 무영비주 다섯 정도가 시립해 있었는데, 모두 피월려보다 어린 젊은 사내들이었다.

왼편에는 나지오가 홀로 앞에 서 있었고, 그의 뒤로 적어도 백여 명이 넘어가는 사내들이 보였다.

검은 무복을 입고 있는 것만 제외한다면 각양각색인 마인들은 늦게 도착한 피월려를 보며 역시 제각각의 반응을 보이고 있었다.

하지만 그 와중에 미동조차 하지 않는 부류가 있었는데 바로 나지오의 뒤편에 일렬로 서서 눈길조차 주지 않는 열 명의 매화마검수였다.

눈치껏 보니 오른편은 제일대, 왼편은 제오대다. 피월려는 마인들의 따가운 시선을 받으며 걸음을 재촉해 진설린의 옆으로 가서 섰다.

진설린은 작지만 한없이 깊은 미소를 지으며 귀에 대고 그에게 속삭였다.

"늦으셨어요."

피월려가 뭐라 대꾸하려는 사이, 박소을이 대전을 울리는 큰 소리를 내었다.

"늦으셨소, 피 대원!"

피월려는 부복하며 포권을 취했다.

"죄송합니다."

피월려를 흥미로운 시선으로 바라보던 박소을이 물었다.

"그뿐이오?"

"예?"

"죽을죄를 졌다든가, 혹은 죽여달라든가……. 뭐 이런 것쯤은 붙이셔야 하지 않소?"

박소을이나 서화능의 성품으로 보면, 그런 말을 덧붙였다가는 진짜로 죽일 가능성이 조금이지만 있긴 있다. 피월려는 방 긋이 미소를 지으며 대답했다.

"멍이십니까?"

큰 소리는 내지 않았지만, 백여 명의 마인 중 몇몇은 웃음 과 감탄사를 터뜨렸다. 대전 회의에 늦는 것하며, 박소을 장로 의 말을 받아치는 것하며, 역시 화제의 인물 피월려라라는 말 이 오고 갔다.

대전이 술렁이기 시작하자 서화능이 의자를 쿵 치며 말을 이었다.

"이런 것에 빼앗길 시간이 없소, 박 장로. 피 대원이 왔으니 회의를 마무리하시오."

한 소리 하려던 박소을은 말을 참았다. 그리고 웃지 않는 두 눈으로 피월려를 지긋이 응시하는 것으로 기분을 표현했 다.

그가 말했다.

"그럼 정리하여 결론을 내겠다. 백도무림의 움직임이 심상 치 않기 때문에 최소한의 인원으로 계획을 실행해 나갈 예정 이다. 이에 제일대와 제오대가 움직이기로 했고, 제일대는 서 린지 대원을 제외한 전원, 그리고 제오대는 나 대주의 안목으 로 백여 명을 선출했다. 계획의 은밀성 때문에 마기로 천기를 흐리는 천마급, 즉 나와 지부장은 이 계획에서 제외되었으니

지부를 떠나고 나서는 모든 권한을 나 대주에게 위임한다. 나 대주의 결정을 불복할 수 있는 권한은 오로지 제일대에게 있을 것이며, 모든 일대원, 즉 혈적현, 피월려, 진설린, 주소군, 이 네 명의 만장일치만이 효력을 발생시킬 것이다. 그 외의 모든 것은 상명하복의 법칙을 따른다."

"존명!"

제오대의 마인들은 힘차게 존명을 외쳤으나, 제일대에서는 주소군을 제외한 모든 마인들이 우물쭈물했다.

최근에 입교해서 언제 존명을 외쳐야 하는지 감을 못 잡았기 때문이다.

주소군이 작은 소리로 피월려에게 말했다.

"아직도 감을 못 잡으신 것 같네요."

주소군이 소곤거릴 수 있었던 것은 대전을 쩌렁쩌렁하게 울렸던 존명이라는 그 소리의 메아리에 절묘하게 맞췄기 때문이다.

따라서 메아리가 사라진 다음, 피월려는 뭐라 대꾸를 하지 못했다.

박소을이 다시금 큰 소리로 말했다.

"현 시각 이후로부터 스스로를 호마궁(號魔宮)이라 칭한다. 이는 앞으로 낙양지부를 대신할 위장 세력이다. 봉문이 길어져 가세가 기운 황룡무가의 위세를 다시 드높이기 위해서 황룡무가에 등용된 새로운 세력으로, 천마신교의 이름을 버리고 호마궁의 마인으로서 활동할 것이다. 마공의 개입이 너무나도 자명하여 마공의 흔적을 없앨 수는 없었지만, 천마신교의 개입인 것은 아직 발각되지 않은 사실. 따라서 우리는 마공을 익히는 신비문파의 문도로 가장할 것이다."

"존명!"

피월려는 간신히 따라할 수 있었고, 우쭐해진 표정으로 주소군을 보았다. 주소군은 피식 웃었고 피월려도 살포시 웃어 보였다.

박소을이 말을 이었다.

"지금 시각 이후로 제오대는 나 대주의 인도를 따라 황룡무가로 가고 제일대는 나의 인도를 따르라. 이상이다."

"존명!"

서화능은 자리에서 일어나 전처럼 뒤쪽으로 사라져 버렸다.

참으로 싱거운 끝맺음이 아닐 수 없었다. 박소을은 제일대를 향해 손가락을 몇 번 구부렸다.

그러고는 터벅터벅 걸음을 걸어 내려오더니 홀로 대전에서 나가려 했다. 그런데 그 직전, 고개를 휙 뒤로 돌리고는 말했다.

"제일대는 나를 따르라는 명을 듣지 못했소? 왜 아직도 거기 다 서 있는 것이오?"

"조, 존명!"

"존명."

당황한 일대원은 서둘러 그를 따라 대전에서 나갔다. 아무런 부연도 없이 홀로 앞서서 걸어가는 박소을을 따라 일대원들은 정처 없이 걷기 시작했다.

"월랑, 왜 늦으셨어요?"

피월려 뒤로 바싹 따라온 진설린이 물었다.

그녀는 마치 무슨 나들이라도 가는 것처럼 한껏 들떠 보였다.

몇 달 동안이나 지부에서 나가지 못해 답답했으니 기분이 좋기도 하겠지만 도저히 곧 결혼하게 될 신부라고는 생각할 수 없었다.

피월려가 물었다.

"그렇게 되었소. 그보다 진 소저는 이제 혼인식을 올려야 할 신부인데 긴장되지 않으시오?"

진설린은 손가락 하나를 입에 물었다.

"글쎄요. 별로 실감이 안 나요, 아직. 그런데 월랑이야말로 자기 여자가 결혼하러 간다는데 꽤 차분하시네요? 이 남자, 위기감이 너무 없네."

"……"

되로 주고 말로 받았다.

피월려가 대답을 못 하자 진설린이 뾰로통한 표정으로 말을 이었다.

"그냥 진짜로 결혼해 버릴까요? 안 그래도 황태자는 나를 많이 좋아한다고 하니 꽤 잘해줄 것 같지 않아요?"

"……"

"흐음, 그리고 보면 황태자비로 사는 것도 나쁘지 않을 것 같아요. 황태자가 황제가 되면 난 황비가 되는 건데, 여자로 태어나서 황비쯤은 해봐야지 않겠어요?"

"……"

"대답이 없으시네. 정말로 나 결혼할 거예요?"

"그럴 리가 없다는 것을 잘 아오."

"어떻게 그리 확신하시는데요? 흥. 제가 언제고 피월려만 바라볼 것 같아요? 나도 내가 언제 떠날지 몰라요."

피월려는 숨을 크게 들이쉬었다. 그러고는 투박한 어조로 말했다.

"확실히 진 소저가 나를 떠날지 안 떠날지는 나도 알 수 없소. 다만 확실한 것은 황태자비가 되진 않을 거라는 거요. 진 소저는 황궁이라는 그 감옥에서 삶을 이어갈 여자가 아니오. 이미 충분히 지옥 같은 감옥살이를 경험하셨을 텐데 말이오. 따라서 진 소저는 결혼하지 않을 것이오. 대답이 되었소?"

"……."

차가우면서 동시에 따뜻한 목소리였다. 단조롭지만 깊은 말
이었다.

진설린은 꿀 먹은 벙어리처럼 말을 하지 못했다. 표정에 한
껏 가득했던 장난기가 서서히 옅어지면서 풀 죽은 어린아이의
얼굴이 나타났다.

하지만 피월려는 굳은 표정을 풀 수 없었다.

그는 지금 박소을이 향하는 곳이 어딘지를 정확하게 알고
있었다.

그와 박소을 둘이서 기초를 잡은 계획이니 모를 수 없었
다.

그들은 오랜 시간 동안 복도를 걸었다. 언제쯤 도착할까 의
문이 들 정도로 오랜 시간이었으니, 적어도 한 식경은 걸은 듯
싶었다.

그동안 제일대의 인원들 그 누구도 입을 열지 않았다.

박소을은 홀로 앞서 걸어갔기 때문이고, 피월려는 임무의
막중함이 주는 부담감에 대화할 기분이 나지 않았기 때문이
다.

주소군은 웬일인지 조용했고 진설린 또한 이상하게 소극적
이었다.

복도의 최면이 점차 진행되자 무영비주들 사이에서 염려하는 목소리가 오고 갔다.

그것을 눈치챘는지 박소을이 조금 있으면 도착하니 염려치 말라고 말했다.

반각 뒤 그들은 복도를 빠져나올 수 있었는데, 밖으로 향하는 입구는 보통 방문과 생김새가 비슷했다. 항상 밖으로 향하는 출구만큼은 복도를 막아설 정도로 크거나 위로 향하는 사다리만 보아왔던 터라 피월려는 그것이 출구라고 생각하지 못했다.

여닫이문을 열고 들어가니 하나의 큰 방이 나왔다. 그 방은 제일대의 사람들이 모두 들어갔음에도 빈 공간이 훨씬 많을 정도로 그 크기가 컸다.

보통의 방과 다른 점이 있다면 방 안의 장식이 고급스럽기 짝이 없다는 점이었다.

가구들도 그렇고, 벽도 그렇고, 값비싸 보이지 않는 것이 없었다.

바닥에 깔린 융단만 하더라도 그 위에 올라서는 것조차 황송할 지경이다.

"박 대주님, 여기가 어디입니까?"

주소군의 질문에 박소을이 주변을 둘러보며 대답했다.

"낙양태수전이오."

"태수전이라 하시면, 태수의 궁전 아닙니까?"

태수(太守)는 성을 책임지는 성주의 위치에 있는 사람이다. 성 내에서 가장 높은 관직이며 왕 같은 권력을 가지고 있다 해도 과언이 아니다.

특히나 현 대운제국의 통치는 기본적으로 자치주의를 따른 다.

성의 인구수와 경제 상황을 고려하여 황도에서 통보하는 세금을 정확하게 맞추어 보내기만 한다면, 법률적인 독립성까 지 허락할 정도로 자치령에 개입하지 않는다. 이는 제2의 황 도라 불리는 낙양도 마찬가지며, 하남성의 중심인 낙양의 태 수는 말 그대로 하남성 전체에서 가장 높은 관직에 있는 막강 한 권력가이다.

하지만 그것은 범인들에게나 관계된 말이지 무림인과는 전 혀 상관이 없었다.

특별한 소속이 없는 한 무림인은 세금을 내지 않고 떠도는 경우가 많았으며, 관과 상종하지 않는 무림인의 특성상 태수 와 연결될 일이 없었다.

무림인에게 하남성의 주인은 엄연히 황룡무가의 황룡검주 이며, 낙양의 태수는 그저 세금을 걷는 성주 그 이상도 이하 도 아니었다.

그러니 이곳이 태수전이란 말을 들은 일대원들은 모두 놀

라지 않을 수 없었다. 혈적현조차도 지금 처음 듣는 말이었
다.

제일대에 편입되고 정보에서 손을 떼게 된 이후부터는 혈적
현도 주소군이나 피월려처럼 현장에서 일하게 된 터라 정보에
어두워진 것이다.

혈적현이 물었다.

"설마 태수와 만나실 생각인 겁니까?"

박소을이 말했다.

"태수와 만나는 것은 나와 피 대원 그리고 진 대원이 할 일
이오. 다른 대원들은 무력을 과시하는 의미에서 데려온 것뿐
이오. 그러니 태수와의 이야기가 잘 끝나게 되면 우리는 다시
황룡무가로 가서 일을 진행할 작정이오."

"무림의 일에 태수가 상관하겠습니까?"

"황태자가 황태자비로 진 대원을 지목한 이상, 황궁이 무림
에 직접적으로 관여하게 되었소. 멋모르는 어린 황태자 때문
에 여러 사람이 피곤해졌지만 뭐 어쩌겠소. 일이 이 지경까지
온 것을."

"……"

"지금 내 전속대원이 은밀히 태수와 연락을 할 터이니 조금
기다리면 우리를 부를 것이오. 그동안 궁금한 것이 있으면 물
으시오."

그는 편하게 말했지만 아무도 묻는 사람이 없었다. 박소을의 성격상 제대로 된 답변을 해주기는커녕 뭐라고 핀잔을 줄지 알 수 없었기 때문이다.

따라서 꽤나 조용한 시간이 흘러갔고, 곧 흰 수염이 가득한 한 노인이 문을 열고 나타났다.

검버섯이 가득한 얼굴에는 인자함과 따스함이 묻어났지만 눈빛만 놓고 본다면 무림인과 다를 바 없을 정도로 날카롭고 차가웠다.

걷는 것조차 힘겨워 보일 정도로 작고 왜소한 몸이었으나 깔끔한 옷과 깨끗한 외관으로부터 오는 위화감이 그를 함부로 대할 수 없게 만들었다. 모습은 전형적인 문관이지만 무공을 익힌 무림인도 경각심을 가지게 만드는 묘한 분위기를 풍겼다.

"안녕하시오. 노부는 송구하게도 낙양에서 낭관(郞官)과 독우(督郵)를 겸하고 있는 왕호소라 하오. 혹 대인들이 황룡무가에서 온 무림인이시오?"

낭관이나 독우가 정확히 무슨 일을 하는지는 모른다. 하지만 중인들은 그가 상당히 높은 자리에 있는 관리라는 것을 눈치로 알 수 있었다.

박소을이 포권을 취하며 왕호소에게 말했다.

"소인이 이들을 이끄는 박소을이라 합니다."

"아……. 수무마한(秀武魔翰) 대인이시구려. 처음 뵙소."

수무마한. 그것은 박소을의 위장 별호이다.

박소을은 그것이 원래 별호인 것처럼 매우 자연스럽게 대화를 이어나갔다.

"왕 대인께서 직접 찾아오시다니 의욉니다."

"황룡무가의 인물들을 함부로 대할 수는 없지 않소. 매우 급한 사항이 없었다면 태수께서 직접 왔을 것이오."

"오호? 그렇다는 뜻은 지금 태수 어르신을 만나 뵐 수 없다는 뜻입니까?"

"설마 그런 뜻이겠소. 확실히 무림인이다 보니 성격 참 급하시오. 나를 따라오시면 일각 안에 만나 뵐 수 있으니 걱정하지 마시오. 그런데… 거기 계신 처자는 혹 낙양제일미가 아니신가?"

왕호소의 질문에 진설린이 눈을 살포시 내려 무릎을 살짝 꿇었다.

황룡무가에서 예의범절에 관한 교육을 철저하게 받은 그녀니 인사가 매우 자연스러울 수밖에 없었다.

"안녕하십니까, 왕 대인? 부족하지만 소녀가 그 과장된 호칭으로 불리고 있사옵니다."

"어허! 부족하다니! 오히려 모자랄 지경이오! 내 소싯적에는 전 중원을 수십 번도 더 돌아다녔지만 지금 낙양제일미만큼의 미모를 가진 여인을 본 적이 없소. 단언컨대 진 소저는 낙양제일미가 아니라 중원제일미로 불리셔야 할 것이오."

진설린은 여성스럽게 웃으면서 입가에 손을 올렸다.

"대인께서 소녀를 너무 칭찬하십니다."

"칭찬하지 않을 수 없는 미모이니 그렇소. 이렇게 직접 뵈오니 그 큰 반대를 무릅쓴 황태자의 고집을 조금이나마 이해할 수 있게 되었소. 이렇게 아름다운 여인이 마음속에 있는데 불문율 따위야 눈에 들어오겠소? 하하하!"

"……."

말속에 뼈가 있다.

진설린은 침묵하는 것으로 대답을 대신했고, 이에 오히려 민망함을 느낀 왕호소는 눈길을 빠르게 돌려 박소을을 보았다.

"하하하. 그럼 따라들 오시구려. 헌데, 모두 따라오기는 너무 많지 않소?

박소을이 대답했다.

"저와 낙양제일미. 그리고 피 대원만 따라갈 것입니다."

왕호소는 피월려를 돌아보며 말을 흐렸다.

"피 대원이라 하시면, 그……."

"그 남자가 맞습니다."

"흐음. 알겠소. 그러면 태수에게까지 인도하겠소. 노부의 걸음이 느린 것은 이해해 주시길 바라겠소."

박소을이 다시금 포권을 취했다.

"여부가 있겠습니까. 제일대에게 명한다. 피 대원과 진설린은 나를 따르고 나머지는 여기서 내가 돌아올 때까지 기다린다."

"존명!"

합창과도 같은 소리 뒤로, 박소을과 피월려 그리고 진설린이 왕호소를 따라 복도를 걸었다. 앞서 걷는 박소을과 왕호소는 서로 이런저런 이야기를 나눴는데, 대부분 현 낙양의 상황에 관한 이야기였다.

무림인과 관리. 둘의 관계는 어색하기 이를 데 없었다. 피월려는 박소을과 왕호소 사이에 흐르는 묘한 긴장감을 흥미롭게 지켜보았다.

아마 태수를 만날 때는 더욱 극심한 긴장감이 오고갈 텐데 그것에 대비해서라도 미리 적응해야 한다.

피월려는 대화를 듣고자 조금 걸음을 빨리하여 앞으로 나가려 했는데, 갑자기 손을 잡는 진설린의 손길에 그녀를 돌아보았다.

걱정스러운 기색이 가득한 진설린이 피월려를 애처롭게 올려다보고 있었다.

"무서워요."

피월려가 물었다.

"무엇이 말이요?"

진설린은 우물쭈물 말하지 못했다. 무언가 말로 표현할 수
없는 두려움을 느낀 것이다.

아마 낯선 공간에 오고 나니 상황을 실감하기 시작한 듯했
다.

피월려가 그녀의 머리를 부드럽게 쓰다듬었다.

"두려워하지 마시오. 황도에 도착하는 날까지 내가 옆에 있
을 것이오."

"그다음은요?"

"황도에서도 같이 있겠지만, 혼례식부터는 어쩔 수 없소."

"제가 정말로 혼례를 올리는 건 아니죠?"

"혼례는 올려야 할 것이오."

"……."

"아마 합방하는 자리에서 임무를 부여받을 것이오."

"합방까지도… 해야 하나요?"

합방은 혼례를 갓 올린 신부와 신랑이 하룻밤을 같이 보내
는 것이다.

진설린은 생전 본 적도 없는 황태자와 첫날밤을 치러야 한
다는 사실이 매우 달갑지 않은 듯 표정을 찌푸렸다. 피월려는
담담하게 대답했다.

"합방하는 그날, 어떤 명령을 수행해야 할지도 모르오. 지금까지는 딱 정해진 것이 없어서 확실히 알려줄 수는 없지만, 린 매가 걱정하는 일은 아마 일어나지 않을 것이오."

린 매라는 말을 얼마나 오랜만에 들어보는지 모르겠다.

그 말을 들으니 이상하게 안심된 진설린은 가슴을 쓸어내렸다.

"진짜죠?"

"장담할 순 없소."

"……"

다시 울상이 되었다.

웬만하면 그냥 아니라고 말할 법도 하지만 쓸데없는 책임을 지기 싫어하는 피월려는 그녀를 안심시키기 위해서 보장할 수 없는 약속을 하기 싫었다.

진설린의 표정이 점차 어두워지다 못해 검게 변하니, 그냥 거짓말로라도 괜찮을 거라 말할까 하는 고민이 들었다.

하지만 다 자란 성인임을 넘어서 천마신교의 마인이 된 진설린을 이 정도 일도 감당하지 못하는 어린아이로 취급할 수는 없었다.

이번 임무를 계기로 진설린 또한 천마신교 낙양지부 제일대의 대원으로 활동하게 될 가능성이 높은데, 제일대의 임무를 수행하기 위해서는 이 정도의 일은 충분히 감당할 수 있는 여인이 되어야 한다.

진설린도 그 사실을 자각했는지, 피월려의 팔을 붙잡은 손길에서 서서히 힘을 뺐다.

그러고는 그의 옆에서 홀로 걷기 시작했다. 피월려에게 기대고 싶은 마음을 애써 접는 것이다.

그러자 점차 천성적으로 지닌 도도한 기세가 되살아나기 시작했다.

일행이 태수가 기다리는 작은 방에 도착했을 때쯤에는 어디서도 쉽사리 찾아볼 수 없는 기품 넘치는 규수의 분위기를 풍기고 있었다.

의자에 앉아 앞에 놓인 차를 음미하던 태수가 방문을 열고 들어오는 일행을 보곤 차를 내려놓았다.

그는 뱁새 같은 눈을 가진 뚱뚱한 노인이었는데, 얼굴에 덕지덕지 붙은 살이 그의 추한 심술과 욕망을 그대로 드러내는 것 같았다.

태수가 말했다.

"이렇게 누추한 곳에 모시게 되어 미안하오. 하지만 은밀해야 하니 이해해 주시길 바라겠소. 그런데 혹 황룡무가의 분들이오?"

확실히 누추한 곳이었다. 급이 높은 하인이 사용하는 방으로 쓰기 알맞아 보이는 곳이니 손님을 모시는 곳으로는 절대로 권할 수 없었다.

박소을이 포권을 취했다.

"그렇습니다. 제가 수무마한입니다. 대인께서 낙양의 태수가 되십니까?"

"그렇소. 내가 바로 태수요. 앞에 앉으시구려."

태수는 그리 말하면서 앞으로 손짓했는데, 그 의미를 읽은 왕호소가 즉시 뒷걸음질로 방을 나갔다.

그가 완전히 나간 것을 확인한 태수의 얼굴이 갑자기 딱딱하게 굳더니 박소을에게 소곤거리듯 말했다.

"호마궁(號魔宮) 맞으시오?"

처음 서화능이 낙양에 지부를 설립할 때부터 태수와 모종의 거래를 했었는데, 그때 사용했던 위장 세력이 바로 호마궁이었다.

호마궁은 실제 존재하는 세력이 아니지만 마치 신비문파인 것처럼 하여 태수와 긴밀한 관계를 맺어왔다.

박소을이 고개를 끄덕였다.

"맞습니다. 제일대를 이끄는 일대주입니다."

태수는 육중한 몸을 흔들면서 뒤쪽을 연신 흘겨보더니 물었다.

"지부장께서는 오시지 않으셨소?"

"제가 전권을 위임받았습니다."

"크흠……. 그렇소? 내 지부장과 긴히 할 말이 있는데 말이지……."

"제게 하시면 됩니다."

"애힝……. 그래도 대리인을 내세우는 건 지부장께서 먼저 반대한 일이오. 그런데 이렇게 호마궁에서 먼저 대리인을 내세운다면 이는 한 입으로 두말을 하는 것이 아니겠소?"

"오늘 이곳에 온 이유는 태수께서 하루 전에 급히 와달라고 요청하셨기 때문입니다. 서로 만나기 위해서는 오 일 전에 상대방에게 통보해야 한다는 건 태수께서 만드셨지요. 그 부분을 지키지 않으셨으니 호마궁에서 대리인을 내세운 것에 대해서도 이해해 주셨으면 합니다."

"에힝, 이 사람아. 그래도 그렇지."

"저희는 위험을 무릅쓰고 이곳에 찾아온 것입니다. 현 낙양 무림의 동태를 잘 아실 테니 따로 말씀드리지는 않겠습니다만."

태수는 그 말을 듣더니 갑자기 악취가 날 것 같은 얼굴을 앞으로 들이밀었다.

"아, 그러니까! 건방진 낙양의 무림인들이 암중으로 조세를 횡령하니, 호마궁이 낙양무림을 장악하는 것을 암묵적으로 방관해 준다면 원래의 곱절에 해당하는 공금을 낸다고 하지 않으셨소?"

박소을이 딱딱한 표정으로 대답했다.

"계속 그렇게 올렸습니다만."

"아아아……. 암, 그거야 잘 알지. 그런데 현재 낙양에 불어
난 무림인의 숫자가 얼마나 되는지 아시오? 황룡무가가 무너
지고 청일문도 무너지더니 지금은 소림파까지 멸문한 상황 아
니오. 이런 엄청난 일을 호마궁에서 너무 빨리 진행시킨 탓에
낙양 도시에서 감당해야 하는 크고 작은 문제들이 상당하다
오."

"낙양 내 무림인의 관리를 말씀하시는 겁니까? 기본적으로
관과 무림은 상종하지 않습니다, 대인. 이제 곧 호마궁이 황룡
무가를 통하여 표면화되면 그때 모두 감당할 것입니다."

"하지만 그것이 언제가 될지 아무도 모르는 것 아니오? 그
동안은 호마궁에서 직접적으로 낙양의 무림인들을 관리할 수
없을 터인데……. 그들을 관리하기 위해서는 어쩔 수 없이 관
에서 나서야 하는 것 아니겠소? 그들을 관리하는 무림의 중
추 세력이 모두 멸문해 버렸는데, 그들을 멸문시킨 호마궁에
서 이렇듯 모습을 드러내기 뜸들이시니, 원……. 이건 우두머
리가 없는 늑대들과 다름없지 않소? 통제가 안 되오, 통제가.
게다가 황태자의 청혼을 마다하지 않고 진행하는 것을 보면
황가와도 어떤 인연을……."

"그것은 아닙니다. 청혼을 마다할 명분이 없었기 그렇게 진

행한 것입니다."

"허어……. 하지만 내가 그걸 믿을 수가 있겠소? 그대가 말한 대로 무림과 관은 상종하지 않는 것이 불문율인데 황룡무가의 여인이 황태자비가 된다면……. 흐음, 나로서는 참으로 괴로운 입장에 처하게 되는 것이오."

박소을은 이 늙은 돼지가 무슨 말을 지껄이는지 이제야 이해할 수 있었다.

낙양의 태수인 그는 혹 호마궁이 황룡무가를 통해 황궁과의 인연을 계기로 태수의 자리까지도 넘보는 것이 아닌가 걱정하는 것이다.

아니다. 그저 그것을 빌미로 무언가를 더 요구하는 것이다.

무엇을 요구하는가.

뻔하다. 앞에 이야기하지 않았는가.

박소을이 잠시 침묵하다가 물었다.

"단도직입적으로 묻겠습니다. 무엇을 원하십니까?"

태수는 급히 당황한 표정을 짓더니 두 손을 내저었다.

"무, 무슨. 내, 내가 무엇을 원하여 이러는 것이 아니외다."

박소을은 깊은 한숨을 딱 쉬고는 말했다.

"우리는 문인이 아니라 무림인입니다. 태수께서 확실히 말씀하시지 않으면 알지 못합니다. 다시 묻겠습니다. 원하는 것이 무엇입니까?"

태수는 민망한 듯 시선을 거두고는 찻잔을 만지작거렸다. 그러고는 이내 속내를 털어놓았다.

"배, 백운회에서 인원을 더욱 차출하여 낙양의 관리를 좀 더 보강할 것이오. 여기에 경비가 대략 금전 삼천 냥 정도 들어갈 것으로 추정되고 있소."

"알겠습니다. 그것뿐만 아니라 마음이 심란하신 태수의 건강이 걱정되는바, 그 외에 일천 냥을 추가로 더 드리겠습니다. 도합 사천 냥이면 만족하시겠습니까?"

그 순간 태수의 눈빛이 욕망으로 번들거렸다. 그는 더러운 미소를 입에 머금고는 큰 소리로 말하기 시작했다.

"그, 그야 물론이오! 아하하. 호마궁의 대인들은 과연 넓은 마음을 가지고 계시오!"

"……."

"자, 그러면 그 문제는 해결이 된 것 같고. 다른 문제에 대해서 논하도록 합시다. 그런데, 그전에 혹 뒤에 계신 분이 낙양 제일미가 아니시오?"

피월려는 어이가 없었다. 아니, 솔직히 감탄했다. 진설린의 외모는 중원 다섯 손가락 안에 드는 아름다움.

남자라면 누구도 마음을 빼앗기지 않을 수 없는 천상의 미모다.

그런데 그런 미인이 옆에 있는 것을 돈 문제가 해결되고 난 뒤에야 알아챘다? 돈에 대한 욕심이 얼마나 대단하면 그럴 수 있을까?

진설린이 눈동자의 초점을 내리면서 공손이 인사했다.

"황룡무가의 여식인 진 씨가 대인께 인사 올립니다."

그녀의 얼굴을 확인하자마자 태수의 눈동자는 또 다른 욕망으로 빠르게 물들었다. 욕망에 관해서는 참으로 순수한 사람이 아닐 수 없었다.

태수는 입술에 침을 여러 번 바르면서 입을 다셨다. 그리고 진설린을 위아래로 수십 번이나 흘겨보다가 박소을과 피월려의 따가운 시선을 느끼고는 겨우 망상에서 벗어났다.

"오! 과연 명불허전! 낙양제일미라는 수식어가 모자랄 지경이오. 이 정도의 미모는 하남성… 아니, 중원 전체에서도 찾아보기 힘들 것이오!"

"과찬이십니다."

"과연 황태자비로서 손색이 없으시오. 황태자가 정말로 부럽기 짝이 없군."

"……"

"……"

"아. 그러니까. 나 또한 이런 아름다운 여인을 아내로 맞이하고 싶다는 뜻이외다. 으하하! 아니, 세상천지 어느 남자가 이런 아름다운 여인을 마다한다는 말이오? 아하하!"

태수의 농에 웃은 사람은 태수밖에 없었다.

진설린은 깊은 미소로 일관했지만, 절대로 태수와 눈을 마주치지 않았다.

태수는 그 이후로 계속해서 아닌 척, 그녀를 더러운 눈길로 힐끔힐끔 쳐다보았다.

박소을은 어색한 분위기를 타개하고자 이야기를 진행시켰다.

"이자가 바로 대인께서 찾으신 피월려입니다. 피 대원, 대인께 인사 올리시오."

피월려는 앞으로 한 발자국 나가 포권을 취하며 인사를 올렸다.

"안녕하십니까, 대인? 피월려라 합니다."

태수는 한쪽 눈으로는 피월려를 보고 다른 눈으로는 진설린을 보면서 넋이 나간 사람처럼 중얼거렸다.

"아, 피월려로군."

"……."

"……."

짧은 감상평을 남긴 태수는 진설린을 훔쳐보느라 더 말하지 못하고 있었다. 덕분에 말이 끊긴 터라 피월려는 하는 수 없이 먼저 이야기를 꺼냈다.

"태수께서 저를 찾으셨다고 들었습니다만."

태수는 갑자기 잠에서 깨어난 것처럼 눈을 껌벅거리더니 이내 대답했다.

"아! 아! 그렇지! 그렇고말고. 피월려… 피월려……. 흐음 피월려가 맞으시오?"

"예. 맞습니다, 대인."

"그러면 잠시 여기서 기다리시오. 그대에게 일이 있는 것은 내가 아니라 다른 이오."

태수는 앞에 있는 식탁을 탁 하고 세게 쳤다.

"여봐라? 누구 있느냐?"

곧 밖에서 왕호소가 방문을 조금 열고 대답했다.

"예, 대인. 찾으셨습니까?"

태수가 말을 이었다.

"장군에게 들라 해라."

"예, 알겠습니다."

왕호소의 대답이 끝나기 무섭게 한 남자가 방 안으로 들어섰다.

그 남자는 방 안에 들어오는 것만으로도 방 안의 기류를 바꿔 버릴 정도로 강력한 무공의 소유자였다.

젊었지만 현명함과 냉철함을 담은 두 눈은 맑게 빛나고 있었고, 태수의 앞에서도 당당함을 잃지 않는 걸음걸이는 대장부의 것이었다.

그 남자는 태수에게 부복하며 인사하더니 곧 피월려를 돌아보았다. 그는 피월려도 아는 사람이었다.

"잘 지냈소? 피월려. 호마궁의 마인인 줄은 꿈에도 몰랐소."

피월려는 뜻밖에 즉시 그의 이름을 기억해 낼 수 있었다.

"유한……."

제사십오장(第四十五章)

유한.

피월려가 감옥에서 탈옥할 당시, 그는 백운회의 부대장이었다.

긴급 상황에 그릇된 판단을 내리는 대장의 목을 일말의 망설임도 없이 베어버린 다음, 빠르게 상황을 장악하여 가장 옳은 결정을 내렸었다.

이는 지도자로서의 자질 몇 가지를 동시에 지닌 사람이 아니라면 불가능한 행동이었다.

우선적으로 수장될 위기에 놓인 감옥에서 놀라운 지혜로

상황을 이해했고, 믿을 수 없이 과감한 판단력으로 상황을 빠르게 정리했다.

그렇게 머리로 이해한 것을 즉시 실행하는 결단력도 있었으며, 상관의 목을 베어버리는 패기도 있었다. 군부의 법칙상 스스로가 사형을 당할 수 있는 위험까지도 감수하는 희생정신 또한 있었고, 그 뒤 군중의 마음을 빠르게 장악하는 지도력도 돋보였다.

피월려는 유한이 살아 있을 것이라 생각하지 못했기에 그에 대한 기억을 지금까지 한 번도 머릿속에서 꺼낸 적이 없었다.

탈출의 기쁨과 연속적인 생명의 위협 때문에 그에 대해 완전히 망각했었다. 하지만 얼굴을 보자마자 그의 이름이 기억나는 것을 보면 그의 인상이 깊었던 것이 분명하다.

피월려는 강한 의문이 들었다.

상관의 목을 내려친 그가 어떻게 존엄한 군부의 법 아래에서 살아남을 수 있었단 말인가? 관군은 상명하복에 관해서라면 천마신교에도 뒤지지 않을 정도로 엄격한 제도를 가지고 있다.

어떠한 상황에서도 하극상을 용납할 리 없었다. 그런데 유한이 살아 있다?

피월려는 한번 떠보기로 했다.

"아, 전에 뵈었던 유 부대장이오?"

유한은 치아가 환히 보이도록 웃었다.

"유 대장이오. 피월려. 최근에 철광보 대장님께서 안타까운 변고가 있으셨소. 아시겠지만, 감옥에 물이 범람하여 많은 관군들이 죽었는데, 철광보 대장님께서도 미처 탈출하시지 못하셨소. 그 후 그 자리를 부족하지만 내가 이어받게 된 것이오."

철광보에 대한 기억은 희미하다. 그러나 유한이 그를 죽이던 상황은 생생했다.

그 감옥 안에는 피월려와 유한 말고도 수많은 관군과 소대장이 있었다.

그들은 모두 유한이 철광보를 죽이는 것을 똑똑히 목격했다.

그럼에도 불구하고 철광보의 사망 이유가 안타까운 변고로 되어 있다는 것은 두 가지 가능성을 시사한다.

유한이 목격자들을 모두 죽였거나, 아니면 목격자들이 모두 유한을 따르게 되었거나.

감으로는 후자가 맞는 듯했지만 피월려는 확인해 보기로 했다.

"아, 그렇소? 아쉽게 되었소. 그분을 따르던 소대장분들이 많았던 것으로 기억하는데, 그들도 모두 돌아가셨소?"

유한의 눈동자가 빛났다. 피월려가 무슨 말을 하는지 단번

에 알아챈 것이다. 이제 사실을 말해줄지 아닐지는 유한에게
달렸다.

유한은 잠깐의 침묵 뒤 대답했다.

"다행히 그들은 모두 살아남았소. 지금은 내가 그들을 통
솔하는 입장이오."

"……."

그 많은 인원을 모두 자기의 휘하에 두었단 말인가. 피월려
는 감탄하지 않을 수 없었다.

그들 중 한 명이라도 유한이 철광보를 죽였다는 사실을 보
고한다면 유한의 사형은 확정이다.

그런데도 이렇게 멀쩡히 살아 있다면 단 한 명도 놓치지 않
고 그 많은 인원에게 신임을 얻고 있다는 뜻이다.

피월려가 아무런 말을 하지 않자, 태수가 의심스러운 눈초
리로 그 둘을 번갈아 보았다.

피월려와 유한의 대화에 이상한 낌새를 느끼고 태수가 의
심을 품은 것이다.

태수가 슬며시 물었다.

"두 대인은 서로를 어디서 뵌 것이오?"

피월려는 입술을 굳게 닫는 시늉을 하며 유한에게 대답을
떠넘겼다.

유한은 태수를 보며 공손히 말하기 시작했다.

"제 부하들과 객잔에서 술자리를 가지는 사적인 자리였습니다. 무림인임에도 관군인 저희와 스스럼없이 술자리를 가졌었기에, 참으로 사내대장부라고 생각했었습니다."

피월려와 유한은 감옥에서 만났다. 그것도 피월려가 탈옥하려는 와중에서 말이다.

그런데 그것을 술자리라 표현한 것은 탈옥의 일을 덮는다는 뜻이 된다.

피월려는 유한이 말하고자 하는 것이 무엇인지 알아챘다. 유한이 철광보를 죽인 일을 덮어주는 대신에 피월려가 탈옥한 일도 덮겠다는 뜻이다.

피월려와 유한은 눈을 마주 보며 서로의 의중을 읽었다.

태수가 유한에게 물었다.

"오호? 그렇소, 대장? 그 이후에는?"

"그 이후에는 뵌 적이 없습니다만."

유한이 뭐라 대답하기 전에, 피월려가 먼저 선수를 쳤다. 그러자 더 이상 할 말이 없어진 태수가 괜한 헛기침을 하며 말했다.

"크흠. 그러면 유 대장이 여기서 이 피월려라는 자와 만나고자 한 이유가 단지 사적인 것이란 말이오?"

어투에서 노골적인 불쾌함이 묻어 나왔다.

백운대장은 각 성의 백운회를 책임지는 사람으로, 무림인을 견제하기 위해서 무공을 익힌 관군들을 통솔하는 장군이다.

현 낙양에서는 무림인의 숫자가 극도로 많아져서 백운대장인 유한이 성 전체의 관군을 통괄하는 상장군까지도 겸하고 있었는데, 때문에 태수가 그에게 위기감을 느끼고 있었던 차였다.

그러니 단독으로 만나려고 한 이번에도 억지로 끼어들려는 것을 막을 수 없어서 일단 허락한 것인데, 그 이유가 이리도 사적인 것이라면 태수의 입장에서 충분히 화를 낼 수 있는 것이었다.

유한은 급히 머리를 조아렸다.

상장군이든 백운대장이든 태수보다 직위가 아래라는 것은 자명한 사실이기 때문이다.

"설마 그럴 리가 있겠습니까? 그저 그때 술자리에서 인상이 깊었기에, 그와 이야기를 하면 대화가 잘 통할 것 같아 불러 달라 한 것입니다."

태수는 언짢은 듯 얼굴을 찌푸리더니 말했다.

"뭐, 알겠소. 하여간 이렇게 주선하였으니, 여기서 만나려고 한 이유를 대보시오."

유한은 공손이 대답했다.

"제가 여기 온 이유는 다름이 아니라, 이번 혼사 여정에 저희 백운회가 호위를 맡았으면 하는 부탁을 드리려고 온 것입니다."

그의 말이 끝나기 무섭게 박소을이 되물었다.

"호위? 설마 백운대장께서는 황룡무가의 힘이 부족하다고 생각하시는 것이오?"

유한은 짧고 간결하게 말했다.

"예."

"……."

"……."

설마 즉시 그렇다고 할 것이라 생각하지 못한 태수도 박소을도 뭐라 말을 잇지 못했다. 그 틈을 타 유한이 재빠르게 설명하기 시작했다.

"황룡무가의 세력이 급감하여 봉문을 공표한 지 벌써 넉 달입니다. 그로 인해 낙양에 급증한 무림인들을 관리하는 데 있어 백운회가 모든 것을 책임지고 있는 상황입니다. 관과 무림은 서로 상종하지 않는 것이 불문율인데, 현 낙양은 무림인들을 통솔할 구심점을 잃었습니다. 그렇기에 부득이하게 백운회에서 책임지고 있는 상황입니다."

"……."

"지금 황룡무가는 서둘러 힘을 되찾아 낙양의 무림… 아니, 하남성의 무림을 정리해야 합니다. 그렇게 해야만 무림과 관이 충돌하는 일이 사라질 것입니다. 이러한 이유로 백운회에서 태자비가 되실 낙양제일미 진설린 낭자를 황궁까지 호위하는 것이 맞다고 판단하였습니다. 태자비가 되실 진설린 낭자는 어차피 무림에서 동떨어져 황궁의 사람이 될 것입니다. 그러니 황궁의 군병이기도 한 백운회가 이 일을 맡는 것이 적절할 것입니다."

논리적인 이유가 타당했기에 박소을은 대놓고 화를 낼 순 없었다.

하지만 그렇다고 동의할 수도 없는 노릇이었다.

"그것은 황룡무가의 입장에서는 절대로 불가한 것이오. 여기 계신 진설린 낭자는 아직 태자비가 아니오. 온갖 암수와 비열한 암투가 난무하는 황도까지 절대로 다른 세력에게 보호를 맡길 수 없소. 태자비가 되시면 그때 백운회 마음대로 하시오. 하지만 그전에는 엄연히 황룡무가의 여식이며 황룡무가의 보호를 받아야 함이 지당한 것이오, 유 대장."

"불쾌하게 생각하시지 않으셨으면 합니다. 현 황룡무가는 낙양의 일을 감당하시는 것도 벅찬 줄 압니다. 그런데 진설린 낭자를 보호하는 명목으로 인원을 차출하신다면 다시 낙양의 패권을 잡는 데에 무리가 생길 수 있습니다. 소림파의 멸문과 황룡무가의 봉문. 상징적인 지배자와 실질적인 지배자를 모두 잃은 하남 무림에 서너 달 동안이나 신흥 세력이 생기지 않은 것은 정말 기적과도 같은 일입니다. 더 늦기 전에 어서 하남의 패권을 쥐셔야 하지 않겠습니까?"

"황룡무가의 일은 황룡무가가 알아서 할 것이오. 백운대장께서 염려하실 일이 아니오."

분위기가 험악하게 가자 태수가 억지로 미소를 지으면서 그들을 달래듯 양손을 들었다. 그는 박소을을 바라보며 부드럽게 말했다.

"자, 자. 수무마한 대인. 우리 백운대장의 말투가 언짢으셨다면 내 이리 사과하리다. 가만히 들어보니 대인께서 오해하시는 것 같아서 설명을 드리는데……. 백운대장께서 절대로 황룡무가의 힘을 무시해서 하는 말이 아니외다. 백운대장은 무관으로 오랫동안 있어 조금 직설적으로 말하는 것이 있으니, 마음을 푸시오. 크흠……. 그런데……. 그런데 말이오."

박소을은 굳은 표정으로 대답했다.

"말씀하시지오, 대인."

태수는 두꺼비 같은 입술을 만지며 뜸을 들이다가 말했다.

"그것이 사실 유 대장의 말이 틀린 것이 아니요. 내 듣기로는 천포상단이나 진홍표국 등 여러 곳에서 투자를 받는 곳이 낙양에 서서히 세력화가 이뤄지고 있는 모양이오. 이대로라면, 그들의 재력을 등에 업고서 주인이 없는 이 낙양무림을 손아귀에 넣으려는 신흥 세력이 곳곳에서 속출할 것이오. 그러면 그들의 싸움에서 승자가 나올 때까지 피바람이 불게 되는 것은 당연지사. 이는 절대로 관에서도 원하는 것이 아니요. 그래서 관에서도 황룡무가가 황급히 힘을 되찾고 다시 낙양무림의 패권자가 되는 날이 하루 속히 오기를 바라고 있소. 관과 항상 좋은 관계를 유지했던 황룡무가가 너무나도 그립소, 나는."

박소을이 날카로운 눈빛을 빛내며 말했다.

"대인께서는 걱정하실 것 없습니다. 곧 봉문을 풀고 황룡무가가 건재함을 만인 앞에 공표할 것입니다."

"좋소! 좋소! 그러니 그것에 백운회가 힘을 보태겠다는 것이오! 그, 그런 뜻 아니겠소, 백운장군?"

유한이 고개를 끄덕이며 동의했다.

"그렇습니다, 태수 어르신."

"하하하! 이것 보시오. 과연 그렇지 않소? 그러니 관의 도움을 거절하지는 마시오. 우리가 절대로 황룡무가를 무시해서 그런 것이 아니라, 하루속히 황룡무가가 영향력을 되찾기를 바라는 마음에서 그런 것이오. 자, 그러면 이렇게 하는 것은 어떻소? 진설린 낭자가 황도로 가는 길을 둘 다 보호하는 것이오. 황룡무가에서는 인원을 축소할 수 있어서 좋고 백운회에서는 황룡무가에 도움을 줄 수 있어서 좋은 것 아니겠소?"

"⋯⋯."

박소을은 선뜻 대답을 할 수 없었다.

천마신교의 입장에서는 당연히 백운회가 동행하지 않는 것이 좋다.

백도무림의 꿍꿍이가 정확히 무엇인지 알 수 없는 마당이니, 어떤 식으로 계획이 변경될지도 완전히 미지수다. 그런데 그 사이에 백운회가 낀다면 움직임이 자유로울 수 없어 마음대로 행동할 수 없게 된다.

하지만 거절할 명분이 없다. 논리적으로도 타당한 그 도움을 억지로 거절하면 그것만으로 이상한 의심을 사기 충분하다.

그렇다면 왜 백운회가 도움을 주겠다고 하는 것인가? 정말로 선의인가?

말도 안 된다.

어떤 뚜렷한 목적이 없는 한, 굳이 여기까지 소환하여 백운회의 개입을 허락하라고 압박을 넣을 리 없다.

배후가 누굴까?

뻔하다.

백도무림.

그렇다면 누가 연결 고리일까?

우선 태수는 아니다.

그가 천마신교의 일을 알게 되고 나서부터 그의 행적을 따라다니는 이대원이 열 명을 넘어간다.

태수가 만약 천마신교의 천자라도 말했다면 즉시 보고되었을 것이다.

그러나 지금까지 태수는 의심이 갈 만한 상황을 만들지 않았다.

그저 돼지처럼 돈을 가져다주는 천마신교를 봉으로 생각하면서 아무런 일도 하지 않았다.

그렇다면 답은 하나다. 실질적으로 낙양의 태수 역할을 하는 왕호소다.

그가 백도무림과 연결된 것이다. 그리고 백운대장을 통해서 과연 황룡무가에 천마신교의 세력이 있는지 아닌지를 판단하려 하는 것이다.

물론 호마궁이라는 안전막이 있기는 하다.

태수에 의해서 이 모든 일의 배경이 호마궁이라는 것까지 알아내었을 가능성이 충분히 있다.

하지만 이젠 그것까지도 의심하여 그 뒤에 천마신교가 있는지를 알아보려는 것이다.

백도무림의 그 누구도 선뜻 황룡무가의 내부를 확인할 수 없다. 오대세가의 이름은 함부로 범접할 수 없는 것. 백도 내에서 황룡무가의 위치가 있어 대놓고 배경을 확인할 수 없다. 따라서 이번 기회를 노린 것이 분명하다.

그러니 거절해야 한다.

하지만 이렇게 억지로 거절하면 너무 티가 난다.

백도무림의 의심은 아마 더욱 깊어질 것이다.

박소을이 이내 포권을 취했다.

"알겠습니다. 백운회의 도움을 감사히 받겠습니다."

그는 웃고 있었지만, 속내는 착잡하기 이를 데 없었다.

유한은 포권을 취하며 물었다.

"알겠습니다. 그러면 황룡무가에 인원을 대기시켜 놓겠습니다."

그때까지 가만히 상황을 주시만 하던 진설린이 차분한 목소리로 말했다.

"소녀는 많은 사람이 동행하는 것이 꺼려집니다. 백운대장께서는 최소한의 인원으로 소녀를 보호해 주셨으면 합니다."

백운회 고수의 수.

이는 피월려도 박소을도 순간적으로 잊어버린 부분이었으나, 매우 중요하기 짝이 없었다.

백운회가 얼마나 많은 고수를 보내느냐에 따라 천마신교의 활동 반경에 그대로 영향을 끼칠 것이 분명하기 때문이다. 다행히도 진설린이 그 부분을 놓치지 않고 말했다.

유한은 진설린과 눈을 마주치지 않고 고개를 숙이면서 말했다.

"물론입니다. 최정예 부대로 열 명 안팎에서 차출하도록 하겠습니다."

"다섯으로 줄여주십시오."

단호하지만 위엄이 넘치는 목소리였다.

진설린은 벌써부터 황룡무가의 여식에서 탈피하여 황태자비가 된 것 같았다.

그 변화에 모든 이가 놀랐고 유한도 잠시 말을 잇지 못했다.

"알겠습니다. 그리하도록 하겠습니다. 그러면 소인은 군을 정비해야 하니 먼저 물러가 보겠습니다."

유한은 극도로 공손한 자세로 방에서 떠났다. 그러자 용무가 끝난 태수는 이런저런 낙양의 상황을 이야기하며 자연스럽게 대화를 끝냈다.

"그럼 돌아가 보도록 하겠습니다. 편히 쉬십시오."

박소을과 피월려 그리고 진설린은 그 방에서 나와 다시 원래 방으로 돌아가기 시작했다.

그들을 안내하는 사람은 전과 같이 왕호소였지만, 처음 방으로 안내를 받았을 때와 다르게 박소을은 그와 말 한 마디 섞지 않았다. 왕호소도 먼저 말을 걸지 않았다.

결국 견디기 힘든 오랜 침묵은 깨어지지 않았다. 제일대가 기다리고 있는 방에 도착했을 때 왕호소는 작은 목소리로 인사를 하는 것 말고는 다른 말을 하지 않았다.

방 안에 들어온 박소을의 표정은 매우 심각하여, 함부로 말을 걸 수조차 없었다.

박소을이 제일대를 둘러보며 말했다.

"황룡무가로 향할 것이다. 그곳에는 지부와 직접 연결되어 있으니 모두 따라와라."

목소리에도 냉기가 서려 있었다.

주소군과 혈적현은 하는 수 없이 피월려에게 다가와 전황을 물을 수밖에 없었다.

기이한 분위기를 풍기는 천마신교의 복도 내에서 주소군이 먼저 피월려에게 질문을 던졌다.

"대주의 심기가 불편하신 듯 보이네요. 무슨 일 있었어요?"

피월려는 간략하게 설명했다.

"백운회에서 사람을 보내어 진 소저의 호위에 동참한다고 통보했소."

"백운회에서요? 뜻밖이군요."

"그렇소. 우리도 설마 태수가 그것을 목적으로 불렀는지는 전혀 예상하지 못했소."

이번에는 옆에서 가만히 듣던 혈적현이 물었다.

"확실히 이상하군. 아무리 진 소저가 황태자비가 된다 하지만 벌써부터 관군이 직접적인 도움을 주겠다는 것은 너무 앞서가는 것 같은데?"

피월려는 잠시 말을 멈추었다. 생각을 빠르게 정리한 뒤에 다시 천천히 말하기 시작했다.

"아마 단순히 선의로 그런 것은 아닐 거다. 백도무림에서 손을 썼을 가능성이 있어."

"백도무림?"

"백도가요?"

둘이 동시에 놀라 묻자, 소리가 컸는지 박소을이 앞에서 걸음을 멈추었다.

잠시 동안 걸을 생각을 하지 않자, 제일대는 모두 그의 뒤를 멀뚱멀뚱 돌아볼 뿐이었다.

"피 대원. 잠시 앞으로. 의논할 것이 있소. 다른 제일대는 십 보 뒤에서 걸으시오. 이건 명이오."

"존명."

모두 한소리로 외친 뒤에, 피월려를 제외한 모든 마인은 뒤로 물러섰다. 피월려는 막 걷기 시작한 박소을을 빠른 걸음으로 따라잡았다.

"무슨 일이십니까?"

여전히 굳은 표정으로 일관하고 있는 박소을이 딱딱한 목소리로 말했다.

"어째서 백도무림의 존재를 유추하게 된 것이오?"

"어떤 논리적인 근거가 있어 그런 것이 아닙니다."

"그럼 감이오?"

"오 할 이상은 감이라 해야 하겠군요."

박소을은 의심스러운 눈초리로 피월려를 물끄러미 보다 말했다.

"유한이라는 자와 안면이 있는 것 같던데, 내가 모르는 뭔가 있는 것 같소만."

"정확하십니다."

"설명하시오."

"전에 제가 낙양성 감옥에 수감된 일이 있었습니다. 그 일은 잘 아실 테니 따로 설명드리지 않겠습니다만 하여간, 그때 그 감옥의 간수들이 모두 백운회의 고수로 이뤄져 있었습니다."

박소을은 흥미롭다는 듯한 표정을 지었다.

"감옥의 간수들이 말이오?"

"예. 지금도 그렇지만, 당시에도 낙양에 낭인들이 너무 많아서 자연적으로 죄수 중 무림인의 비율이 상당수 올라가 있었습니다. 때문에 일반 간수로는 무림인들을 원활히 통제할 수 없던 실정이었습니다."

"그럼 그때 그 백운대장을 보았군. 술자리에서 본 것이 아니라."

"그렇습니다."

"그런데 그가 왜 그런 거짓말을 했다는 말이오? 피 대원이 죄수였다는 것을 밝힌다면 태수의 입장에서 훨씬 더 쉽게 협상을 마칠 수 있었을 텐데 말이오."

"그것은 유한의 치부 또한 제가 알기 때문입니다."

"치부라면?"

"그는 그 당시 부대장이었습니다. 그때는 철광보라는 자가 백운대장이었는데, 그의 어리석은 명령 때문에 피해자가 상당수 속출할 것을 염려하여 유한은 그를 단칼에 처단하고 통제권을 강탈했습니다. 나름 이로운 판단이었기 때문에 하극상임에도 불구하고 그것을 목격한 그의 부하들도 모두 함구하여 자연스럽게 백운대장에 오른 것이 아닌가 합니다. 하지만 그 자리에서 그것을 목격한 저는 그것에 대해 함구할 이유가 없었기 때문에, 제가 죄수였다는 것을 말하는 것 자체가 본인에게도 큰 부담이었을 겁니다."

박소을은 고개를 두어 번 끄덕였다.

"아하……. 어쩐지 유 대장과 피 대원 사이에 의미를 알 수 없는 묘한 기류가 흐른다 했소. 그것 때문이군. 그 일에 대해서 서로 침묵하자는 암묵적인 동의."

"예."

"그런데 그것이 백도무림과 무슨 상관이 있소?"

"제가 탈옥하는 과정에서 백운회의 합격진을 상대했었습니다. 그때 느낀 그들의 무공은 백도의 것과 매우 흡사했습니다. 갑옷을 입은 상태로 무공을 펼치기 위해서 조금 변형했을 뿐, 그 이외에 남아 있는 호흡은 아무리 생각해도 백도의 것입니다."

"그건 당연하지 않소? 백도는 양지에 있고 흑도는 음지에 있는 것이 기본인데, 양지 중 양지에 위치한 황실에서는 당연히 백도의 무공을 참고했을 것이오. 그것만 가지고 백운회가 백도무림과 연결되었다고 말하는 것은 피 대원답지 않은 억측이오."

"그것뿐만이 아닙니다. 탈옥할 때 전 백운회의 인물을 상당수 죽였습니다. 감옥에서 유한을 마지막으로 봤을 때, 그는 기필코 저를 죽이겠다고 으름장을 놨었습니다. 그런데 오늘 보니 살기는커녕 투기조차 보이지 않았습니다."

"그 암묵적인 동의 때문 아니겠소?"

"그렇다고 형제들의 피값을 잊을 인물이 아닙니다. 당시, 유한은 냉철한 머리와 따뜻한 마음의 소유자로 보였습니다. 백운회의 고수들을 위해서 자기의 위안을 생각하지 않고 하극상을 일으킨 행동은 그런 사람이 아니고는 불가능한 행동입니다."

"흐음……. 오늘 보여준 모습과는 조금 다르군."

"그렇기에 의심스럽다는 뜻입니다. 오늘 그는 마치 이해타산만 신경 쓰는 전형적인 무림인의 모습을 보여주었습니다. 하지만 단언컨대 절대 그런 사람이 아닙니다. 그런 사람이라면 이타적인 하극상을 실행에 옮기지 않았을 겁니다."

"그렇다면?"

"오늘 보여준 모습은 가짜입니다. 오랫동안 준비하였기에 그 빈틈을 꿰뚫어 볼 수 없었던 것뿐입니다. 그리고 그런 가짜 모습으로 앞에 나타난 이유는 필시 백도무림과의 어떤 이해관계가 작용된 것이 틀림없습니다."

"너무 많이 가는군."

"절대로 숨길 수 없는 살기를 숨기는 유일한 방법을 아십니까?"

뜬금없는 질문에 박소을이 피월려를 돌아보았다.

피월려는 냉기 어린 눈빛으로 그를 마주보고 있었다. 박소을이 물었다.

"무엇이오?"

"살기를 숨겨야만 적을 죽일 수 있다고 자기에게 최면을 거는 겁니다. 여기서. 이 앞에서. 내가 살기를 숨기고 적을 속여야만 죽일 수 있다고 끊임없이 생각하면 살기가 살기를 죽입니다. 그래야만 죽일 수 있으니까요."

"……."

"유한은 그런 심정이었을 겁니다. 그 자리에서 살기를 내비치지 않는 것이 곧 저를 죽이는 것이라 생각했을 겁니다. 그 순간에 살기를 참아야만 저를 죽음의 함정으로 빠뜨릴 수 있다는 생각으로 살기를 죽였을 겁니다. 그러니 살기는커녕 투기도 내비치지 않은 것입니다. 형제를 위해서 목숨을 걸고 하극상을 일으킨 남자가 형제의 원수를 눈앞에 두고 투기조차 없다? 이는 십중팔구 뒤에서 칼을 갈고 있는 것입니다."

박소을은 잠시 말이 없었다. 그러다가 곧 고개를 저으며 말했다.

"피 대원의 말은 잘 알겠소. 정리하자면, 유한은 어떤 행동을 했기에 이런 인물일 것인데, 저런 인물처럼 행동했기에 의심이 간다, 이것 아니오?"

어떤 행동이란 백운회의 고수들을 위해서 하극상을 일으킨 일을, 이런 인물이란 머리가 차갑고 마음이 따뜻한 인물을, 그리고 저런 인물이란 이해타산적인 인물을 가리킨다.

피월려가 되물었다.

"아닌 것 같습니까?"

"억측이 심한 듯하오."

피월려는 어깨를 들썩이는 시늉을 했다.

"뭐, 저도 그렇게 생각하기 때문에 반쯤은 감이라 말씀드린 겁니다."

"그래도 가능성이 없는 것은 아니니 조심하는 것이 좋을 듯하오. 백운회에서 황룡무가로 사람을 보낸다 했으니, 그전에 도착하여 서둘러 나 대주에게 말하는 것이 좋겠소. 아쉽게도 이 일에는 내가 동행할 수 없으니, 앞으로는 나 대주와 상의해야 할 것이오. 게다가……."

"존명."

피월려는 포권을 취했다.

그러나 박소을은 딴생각을 하느라 그것을 보지도 않고 걸으며 중얼거렸다.

"피 대원의 이름을 지명한 것을 생각하면 황룡무가에 피 대원이 있었으리라 생각했던 것 같소. 그것을 확인하기 위한 자리였을 수도 있겠군……."

그의 낯빛은 매우 어두웠다

*   *   *

피월려는 두 번째로 황룡무가에 들어섰다.

첫 번째는 얼굴을 가리고 죄인처럼 끌려온 신세여서 황룡무가의 풍경을 전혀 알 수 없었는데, 이렇듯 천마신교의 마인으로 당당히 들어오니 위풍당당한 황룡무가의 집채를 마음껏 감상할 수 있었다.

첫 감상은 크다는 것이다. 황룡무가에 있는 건 그냥 다 컸다.

복도도 크고 천장도 높고 기둥도 굵고 마당도 넓고······. 다른 집에 있는 것을 모두 세 배 이상 불려놓은 것 같았다.

자기의 몸이 작아진 것이 아닌가 하는 착각까지 들게 만들었다.

여러 명이 말을 타고 경주를 벌여도 전혀 문제가 없을 정도로, 이런 거대한 집채가 세상에 또 있을까 하는 의문이 들 정도로, 크고 넓고 또 높았다.

그런데 그런 큰 집채에 갖가지 고풍스러운 명화가 각 벽마다 줄을 이었다.

어디를 걸어가도 반복되는 것이 없는 그림들은 전부 모은다면 천 점이 넘어가지 않을까 하는 생각이 들 정도로 많았다. 그뿐만이 아니다.

중간중간 아름다우면서 동시에 괴기스러운 장식품들이 잊힐 만하면 하나씩 튀어나왔다.

전부 순금으로 이뤄진 것하며, 각종 보석이 박혀 있는 것하며 예술적이지 않은 것이 없었다.

전에는 이것들을 전혀 보지 못했다니, 참으로 상태가 안 좋았던 것 같다.

피월려는 예전의 일을 회상하며 그중에서 가장 눈길을 끄는 것을 감상했다.

금빛 물결로 된 강 위로 각양각색의 보석으로 이뤄진 바위가 튀어나와 있고, 그 안에 황금색의 용이 헤엄을 치고 있는 하나의 도포(道袍)다.

햇빛을 받아 눈이 부시도록 빛나지만 정작 그것을 바라보고 있으면 눈이 하나도 아프지 않았다. 오히려 빠져들어 눈을 뗄 수 없었다.

예술 같은 것에는 관심도 없는 피월려조차 이상하게 그것을 바라보고 있으니 마음을 진정시킬 수가 없었다.

묘하게 들뜨는 것이, 자기도 모르게 숱한 감정이 치밀어 올라오는 것 같았다.

"대협."

피월려는 옆에서 들리는 소리에 고개를 돌렸다. 그 누구도 그를 그렇게 불렀던 적이 없어 생소하기 짝이 없는 '대협'이라는 단어가 아니었다면 아마 듣지도 못하고 계속 그 도포만 바라보고 있었을 것이다.

피월려의 앞에는 고개를 숙인 황룡무가의 무인이 있었다. 그의 옷을 보니 진설린을 죽일 당시에 상대했던 네 명의 호위무사가 어렴풋이 기억이 났다.

그들의 생김새나 특징이 기억이 난 것이 아니다. 그저 그들이 사용했던 패공 같으면서 패공 같지 않았던 황룡무가의 무공이 기억난 것이다.

"불렀나?"

피월려가 반말로 대답했다.

승리하고 주인이 된 천마신교의 마인이 패배하고 수족이 된 황룡무가의 무인에게 하대하는 것은 무림의 정서상 당연하기 때문이다.

"천마신교에서 모든 천마신교의 대협분들을 찾으십니다."

그 무인은 대협이라는 말을 할 때마다 한쪽 눈가를 파르르 떨었다.

명실공히 추악한 마인들을 상전으로 모시며 대협이라는 칭호로 불러야 하는 현실에 기가 막히는 것이다.

피월려는 화가 나기는커녕 그를 이해할 수 있었다.

신화경에 들어선 진파진을 동경하며 세상에 위용을 떨칠 환상에 사로잡힌 지 하루도 되지 않아 천마신교에게 완벽히 패배하여 마인의 수족이 되었다.

살아남기 위해서 그리한 것이지만 마음까지도 그것을 받아들일 순 없었을 것이다.

어쩌랴. 패배자는 억울한 법이다.

피월려가 말했다.

"어디로 가면 되지?"

"제가 안내하겠습니다."

"이제 떠나는 것인가?"

"그런 것으로 보입니다."

아마 박소을이 나지오에게 모든 인수인계를 마친 듯싶었다.

피월려가 고개를 끄덕이곤 그 사내를 따라나섰다. 하지만 걷는 중에 이상하리만큼 자주 그 황금색의 도포를 뒤돌아보게 되었다.

황룡무가의 인물이 안내한 곳은 바로 대문이 있는 마당이었다.

사실 마당이라 하기에는 너무나도 기품이 서려 있는 곳이긴 하지만, 마당 말고는 딱히 다른 단어로 표현할 수는 없는 곳이었다.

그곳의 중심에는 큰 마차 하나가 덩그러니 놓여 있었다. 널찍한 원형이었는데 어린아이만 한 여덟 개의 바퀴가 지탱하고 네 마리의 말이 끄는 형식을 갖춘 것이, 움직이는 작은 방이라고 해도 과언이 아니었다.

실용적인 부분이 강조되어 딱히 값어치가 나가 보이지는 않지만, 병들고 늙은 노인이라도 편안한 여정을 보낼 수 있게 만들어진 것 같았다.

그 옆에는 혈적현과 나지오가 무슨 말을 주고받고 있었고, 그 주변에는 아무도 없었다. 제오대 전원과 주소군은 이미 어디론가 가버린 것 같았다.

나지오가 피월려를 발견했는지 먼저 손을 흔들었다.

"여어! 피 후배. 어서와. 계획대로, 네게 다른 이의 위치를 보이게 할 순 없었어."

피월려는 고개를 끄덕였다.

"잘 아오. 그런데 나 선배도 나와 적현과 함께 움직이는 것이오?"

"아니, 그건 아니야."

"그러면?"

"곧 백운회에서 사람들이 올 거야. 어쨌든 이제부터 내가 모든 것을 위임받았으니, 그들을 상대해야 하지 않겠어? 그래서 남아 있었을 뿐, 너희와 동행하지는 않아. 백운회와 시시비비를 가린 뒤에 나는 떠날 거야. 아, 그리고 제이대에서 연락이 왔어. 주하는 지금 무아지경이래."

"무아지경이라 하시면?"

"이대원 중 하나가 주하의 방에 들어갔는데, 공중에 일 촌가까이나 부유한 채로 무아지경에 이르렀다는군. 몸이 떠오를 정도면 엄청난 거 같아서 함부로 깨우질 못했나 봐. 적어도 삼 일째라던데. 장난 아닌가 봐."

"……"

무림인들이 무공을 연공하다가 가끔 엄청난 깨달음을 얻게 되는 경우가 종종 있었다.

그러다가 만분지 일의 확률로 무아지경에 들어가게 되는데, 그 시간이 길면 길수록 엄청난 발전을 하게 된다.

삼 일이라면 평생 한 번 경험할까 말까 한 수준의 것이었다.

피월려가 고개를 끄덕이며 혈적현을 가리켰다.

"그래서 혹시……"

혈적현이 그의 말이 끝나기도 전에 고개를 끄덕였다.

"맞다. 내가 남기로 했다. 아무리 그래도 너 혼자서 모든 것을 감당하는 것은 힘들 테니까. 나 또한 살수 출신이니 주 소저와 비슷한 역할을 할 수 있을 것이다."

"흐음, 그렇군. 일이 이렇게 돌아가다니. 백운회의 개입도 그렇고 이것도 그렇고. 일을 시작하기도 전에 변경 사항이 너무 많아."

"훙. 실행을 다니다 보면 인간의 계획이 얼마나 부질없다는 것을 깨닫게 되지. 계획은 될 수 있으면 넓고 얇게 잡아야 하는 거야."

"무슨……"

피월려가 말을 하려 하자 갑자기 나지오가 손을 들어 그들의 대화를 멈추었다.

"노닥거리는 것도 좋은데 백운회에서 오는 것 같다."

피월려는 고개를 갸웃했다.

그러다가 곧 용안에 백운회의 기운이 포착되는 것을 느꼈다.

그는 나지오가 용안심공보다 빨리 그들의 기운을 눈치챈 것을 의아하게 생각하며 동시에 감탄했다.

곧 대문을 열고 들어오는 백운회의 고수들이 모습을 드러냈다.

중심에 유한이 있었고 그의 양옆으로 두 명씩, 총 다섯 명의 남자가 무인의 기운을 풍기면서 나지오에게 걸어왔다.

"겨우 세 명이 전부이오?"

유한은 믿지 못하겠는지, 계속해서 주변을 훑어보았다. 하지만 그가 아무리 보아도, 마차를 지킬 만한 호위로 보이는 사람은 피월려와 혈적현, 그리고 나지오뿐이었다. 나지오는 손을 뻗어 손가락 두 개를 추켜세웠다.

"두 명이오. 나는 여기서 빠질 것이오."

피월려는 왠지 모르게 하오체를 쓰는 나지오가 너무 어색했다.

스스럼없는 반말을 쓰다가 맨 뒤에 급하게 '것이오'를 붙이는 것 같았다. 유한도 그것을 느꼈는지 이상하다는 눈길로 나지오를 쳐다보며 물었다.

"혹, 제오대의 대주이신 나 대인이 맞소?"

"맞소."

"별호를 알지 못하여 본명을 부르는 실례를 이해해 주시기 바라오, 대인."

"흐음, 난 아직 별호가 없소. 옛 사문에서 뭐라 뭐라 불러 준 건 있는데, 버린 지 오래되어 말이오. 호마궁에 들어와서는 중원에 유명해질 만한 일을 한 적도 없고 하니 말이오."

"그렇소? 의외이오. 호마궁 같은 곳에서 대주의 위치에 있으신 분이 별호가 없다니 말이오."

조롱의 의미로 말한 것인지 모르겠지만, 나지오는 그냥 흘러들었다.

"나름 신비문파 아니겠소? 존재 자체도 세간에 잘 알려지지 않았는데, 무슨 별호가 있겠소?"

"그래도 거대문파에서는 요직을 가진 분들 대부분은 별호를 가지고 있지 않소?"

"백도문파가 그런 것이오. 우리는 서로에게 우스꽝스러운 별호를 만들어내는 데 별로 의미를 두지 않소. 중인들에게서 생겨나야 진정한 별호이오."

"……."

"하여간, 백운회의 무인들은 이 둘과 함께 낙양제일미의 호위를 맡아주서야 하겠소."

유한은 정말로 믿지 못하겠다는 듯이 고개를 두어 번 느리게 저었다.

"설마, 정말로 이 둘이 호마궁에서 나온 호위 전부란 말이오?"

나지오는 방긋 웃으면서 피월려와 혈적현 중간으로 걸어갔다.

그리고 그들을 믿음직스럽게 바라보더니 덜컥 어깨동무를 하며 유한에게 말했다.

"이 둘은 절정고수이오. 뿐만 아니라 이들이 익힌 무공의 특성상 하수에게는 지독히도 강하다오. 아마 절정에 이르지 못한 고수라면 백이 넘어가도 상대할 수 있을 것이오."

"하지만 황태자비의 길이오. 단둘이서 호위한다는 것은 어불성설이오."

"백운회의 고수들도 합치니 일곱 아니오?"

"말이라고 하시오? 백운회의 인원을 더욱 충당해야 하겠소."

처음으로 나지오가 눈을 가늘게 뜨며 위협적으로 말했다.

"그것은 불허하오. 태수와의 약속도 다섯에서 끝났소."

"호마궁이 백여 명의 인원을 호위로 동원한다 하였기에 그리한 것이오. 그것이 거짓임을 알았으니 다시 건의할 것이오."

유한이 발걸음을 돌리려 하자 나지오가 땅이 꺼져라 한숨을 쉬고는 독백처럼 말했다.

"하아……. 유 대장께서 하나는 알고 둘은 모르는 것 같소."

다섯 명의 사내가 한 몸인 것처럼 우둑 멈춰 섰다.

당장에라도 칼을 뽑을 것처럼 투기를 발산하는 것이 분위기가 심상치 않아 피월려와 혈적현도 나지오의 눈치를 살폈다.

나지오는 괜찮다고 입술로만 답하고는 다시 말을 이었다.

"이번 호위에서 호마궁에서 동원된 인원은 총 백여 명이 맞소."

유한은 몸을 돌려 나지오를 정면으로 바라봤다. 그의 눈빛은 차갑기 이를 데 없었다.

"그들은 어디에 있소?"

"확인하면 아시겠지만, 지금까지 황룡무가에서 밖으로 나간 마차는 총 다섯 대. 그 다섯 대에 각각 이십 명이 넘어가는 인원이 동원되었소."

유한의 눈썹이 꿈틀거렸다. 그는 턱을 짚고 생각하더니 곧 입을 열었다.

"양동작전이라는 말이오?"

"그렇소. 그 다섯 마차는 모두 거짓이오. 지금 이 마차에 진짜 낙양제일미께서 타고 계시오."

유한은 잠시 말이 없다가 이내 또 물었다.

"황태자비의 안위를 해하려는 자들이 있소?"

나지오가 대답했다.

"그런 확신은 없소. 단지 원래의 목적인 호위를 하는 것이오."

"하지만 그건 전시 상황에나 쓸 법한 전술이지 않소? 특별히 적이 없는 한 최대한 많은 인원으로 호위하여 힘을 과시하는 것이 상책이오. 호위란 애초에 적에게 공격하고 싶은 의지 자체를 꺾는 것에 의를 두는 것이오. 실제로 전투가 벌어질 가능성은 미미하오."

나지오의 눈이 순간 날카롭게 빛났다.

"황룡무가는 무림세가이며, 낙양제일미는 무림의 여식이오. 황실의 호위 방법에 의문을 제기하는 것은 아니오. 다만, 아직은 무림의 일이니 무림의 호위 방식을 따라주셔야 할 것이오."

"제아무리 날고 기는 무림세가라고 할지라도 감히 황태자비에게 손찌검을 할 자들은 없소."

"그러니까, 무림은 그런 것이 통용되는 곳이 아니라는 말이오. 본인의 이익을 위해서라면 황궁이고 황실이고 아무것도 필요 없는 것이 무림인이오."

"그런 불경한……."

나지오는 유한의 말을 잘랐다.

"하여간! 그리해서 진짜 낙양제일미가 탄 이 마차는 최소한의 인원으로 이동할 것이오."

"너무 은밀히 움직이면 진 소저께서 불편하실 것이오."

"은밀히 움직이지 않소. 다른 다섯 마차가 각기 다른 은밀한 길로 황도에 도달한다면, 이 마차는 오히려 관도를 따라 천천히 움직일 것이오. 여기 피 대원과 혈 대원이 수발을 드는 마부로 위장하고 다섯 명의 백운회 고수께서 호위무사처럼 위장하여 움직인다면 중소문파나 중소상인의 행보처럼 보일 것이오."

"허를 찌르는 것이군."

"그렇소. 이제 이해가 가시오, 유 대장?"

유한은 석연찮았지만 나지오의 말을 따르지 않을 수 없었다.

이미 반대하기에는 너무 늦은 감이 있어, 더 이상 반대해 봤자 분란만 일으키고 남는 것이 없을 것이 자명했기 때문이다.

유한이 말했다.

"좋소. 나 대인. 더 인원을 충원하지는 않겠소만, 한 가지 확인하고 싶은 것이 있소."

"그것이 무엇이오?"

"황태자비가 되실 진설린 소저를 제 눈으로 확인해야겠소."

즉, 마차를 열고 안을 보고야 말겠다는 것이다.

이는 예법상 매우 결례가 되는 점이다. 규수가 타고 있는 마차 안은 그 여인의 개인적인 공간으로서, 남자가 타는 것은 그 여인의 방에 들어가겠다는 것과 진배없었다. 나지오는 이를 지적했다.

"그것은 매우 실례가 될 것이오."

"백운회의 대장으로서 책임을 다하고 싶을 뿐이오. 나 대인을 온전히 믿지 못하는 것을 이해해 주시길 바라오."

대놓고 믿지 못하겠다고 말하는 유한의 표정은 당당하기만 했다.

백운회에서 순순히 나지오의 계획에 따라주는 대신에 이 정도는 양보하라고 선포하는 것이다.

나지오는 어깨를 들썩이며 마차를 톡톡 쳤다.

"다 들었지? 진 소저의 의중을 묻고 싶은데."

마차에서는 잠시 말이 없다가 곧 한 시비의 목소리가 들렸다.

"소저께서 말씀하시기를, 힘없는 여인에게는 선택권이 없으니 힘 있는 무인들이 마음대로 결정하시라 하셨습니다."

허락은 허락이다. 하지만 힘없는 여인을 핍박하는 것이라

명백히 유한을 비판하고 있었다.

평소 예의범절을 깍듯이 지키는 유한으로서는 마음 깊숙이 박히는 말이 아닐 수 없었다.

하지만 대장으로서 진설린을 확인해야 하는 것은 어쩔 수 없었다.

안색이 어두워진 유한이 마차에 다가와 문을 열어 안으로 들어갔다.

그러고는 시비가 문을 닫았다.

안에서 몇 마디 작은 음성이 들렸지만, 정확히 무슨 말인지는 알 수 없었다.

나지오와 피월려, 그리고 혈적현과 백운회 고수들은 조용히 말없이 유한을 기다렸다.

반각 정도가 흐른 후, 유한이 마차 밖으로 나왔다.

"이 마차는 언제 떠날 생각이시오? 무림대회의 예선전이 이미 시작한 마당이니, 서둘러 도착해서 중인들에게 얼굴을 비춰야 하지 않겠소?"

완전히 의심이 걷힌 모양이다.

나지오는 고개를 끄덕이며 말했다.

"지금 성을 떠날 것이오. 문지기에게 잘 이야기하여 수월히 나갈 수 있도록 부탁드리겠소."

"혹시나 해서 묻는 것인데 동문으로 나가는 것이 맞소?"

"그렇소."

"그러면 동문에서 뵙도록 하겠소. 성 내에서는 호위가 필요하진 않을 거요."

"……."

"자, 돌아가자."

"존명!"

네 명의 힘찬 함성과 함께 유한이 황룡무가를 떠났다. 그 뒷모습을 묘한 시선으로 물끄러미 보던 나지오가 툭하니 말했다.

"성 내에서는 호위가 필요하진 않다라. 뭔가 구린데? 피 후배는 어떻게 생각해?"

피월려가 말했다.

"설마 성을 나가기도 전에 뭔가 술수를 쓰겠소?"

"그렇지? 흐음, 그래도 혹시 모르니까 제이대에 연락해야겠군. 아, 그리고 하는 김에 네 전속대원도 한 번 더 물어볼게."

"그렇게 해주신다면 고맙소, 나 선배."

"그러면 나도 가볼까? 다섯 마차의 행보를 지휘하려면 또 머리카락이 빠질 거야. 젠장. 너희도 수고해. 어쨌든 너희도 상당히 중요하니까."

나지오는 그렇게 마지막 말을 남기고 사라졌다. 남은 피월려와 혈적현은 마부석에 올라탔다.

"오랜 시일이 걸릴 것 같은 임무야."

"그러니까. 아, 가기 전에 하나 먹어라."

혈적현이 품속에서 검은 단환 하나를 꺼냈다. 그러자 피월려는 아무런 의심도 없이 그것을 받아 그대로 삼켰다.

"맛은 별로야, 역시."

"뭔데 그래요?"

피월려와 혈적현은 뒤에서 들리는 소리에 고개를 돌렸다. 그곳에는 막 마차에서 나온 진설린이 포근한 미소를 지으며 피월려를 보고 있었다.

피월려가 말했다.

"여자 몸엔 별로 좋은 것이 아니니 신경 쓰지 마시오."

"피이. 뭐예요?"

"하하하. 아무것도 아니오."

진설린은 뾰로통한 표정을 짓더니 곧 몸을 휙 돌리며 말했다.

"흥. 그럼 개봉에서나 봬요."

피식 웃은 혈적현은 피월려가 뭐라 대답하기 전에 노끈을 잡고 말을 몰아버렸다.

*　　　　*　　　　*

황도인 개봉은 하남과 산동 사이에 위치해 있다.

태조 혈운제가 대운제국을 건국할 당시 고향인 개봉을 황도로 삼았는데, 도시에 지나지 않았던 개봉의 영토를 확장하여 하남성 전체의 십분지 일에 해당하는 지역을 모두 황도로 선포했다.

일부는 하남에서 일부는 산동에서 떼어, 황제의 직속 통치를 받는 황도는 그렇게 인위적으로 만들어졌다. 그리고 이백 오십 년이 흐르는 동안 별 탈 없이 발전해 왔다.

황제의 권한을 축소하고 올바른 봉건제도를 설립함으로써 지금까지 큰 전쟁도 없었기 때문에, 개봉이 황도로 변모하는 것은 물 흐르듯 자연스럽게 이뤄질 수밖에 없었다.

낙양에서 개봉까지는 대략 오백여 리. 보통 사람이라면 칠 일 정도 걸리는 거리이며, 마차를 타고 가면 오 일이 걸린다. 말을 쉴 새 없이 몰거나 무림인이 경공을 펼친다면 꼬박 하루에서 이틀이 걸린다.

짧다면 짧고 길다면 긴 거리. 나지오는 중간에 별일이 없다면 여섯 번째 태양이 하늘 끝에 걸릴 때쯤 당도할 수 있을 것이라 예상했다.

피월려와 혈적현, 그리고 마차는 곧 낙양성의 동문에 도착했다.

문지기와 함께 동문에서 그들을 기다린 유한과 네 명의 백운회 고수는 모두 각각의 말을 타고 창을 손에 쥐고 있었다. 가벼운 무장과 투구까지 쓰고, 원래 메고 있던 검은 허리에 찬 채 한 손에 창을 든 그 모습은 마치 전쟁에라도 나가는 무사와 같았다.

이렇게 보니 확실히 무림의 고수보다는 황군의 장수로 보였다.

동문을 빠져 나가고 피월려가 유한에게 작은 목소리로 말했다.

"이거 눈에 너무 띄지 않소? 황군이 호위한다는 것을 안다면 그 누구라도 이 마차가 낙양제일미라고 생각할 것이오."

유한은 벌써부터 사방을 경계하면서 피월려를 보지도 않고 대답했다.

"황군에서 보호하기 때문에 오히려 무림의 일이라 생각하지 않을 것이오. 과연 황룡무가에서 황군의 보호를 받거나 하겠소? 그 누구도 생각지 못했을 것이오."

논리적으로는 맞는 말이다.

낙양의 실질적인 주인인 황룡무가에서 황군에 보호를 요청한다는 것은 백도무림의 오대세가로서 얼굴에 먹칠을 하는 격이 되기 때문이다.

스스로의 약함을 인정하는 꼴이 되며 실질적인 낙양의 주인이 태수임을 스스로 인정하는 꼴이다.

하지만 피월려는 미심쩍었다.

아직 백운회와 백도무림의 연결 고리가 의심되는 상황에서 그들이 하는 모든 돌발 행동은 의심의 대상이 될 수밖에 없었다.

"우리와 상의도 없이 이러실 순 없소."

"나 대주와 모두 이야기를 끝낸 상황이오."

"……"

그렇다면 할 말이 없다. 하지만 피월려는 턱을 손등에 올리면서 혹시 모를 함정에 대비해 고심하기 시작했다.

하지만 그건 기우일 뿐이었다.

함정은커녕 작은 위험조차 없는 시일만 흐를 뿐이었다. 처음 가졌던 긴장도 많이 풀어졌고, 점점 나른한 여행에 몸을 맡긴 여행자 같은 기분만 들 뿐이었다.

진설린을 생각해서 마차는 현저히 느린 속도로 움직였다. 사람이 조금 가쁘게 뛰는 정도를 절대로 넘지 않았다. 그러니 빠른 시일 내에 황도에 도착해야 하는 그들의 입장상, 자는 시간을 제외하고는 항상 움직여야 했다.

느리고 지루한 길. 피월려와 혈적현은 번갈아가며 말을 몰았고, 쉬는 쪽은 눈을 감고 명상을 했다.

끊임없이 흔들리는 마부석에서는 운기조식을 할 수 없었지만, 읽은 구결을 되새기고 다시금 탐구하는 등 피월려와 혈적현은 생각만으로 할 수 있는 일이 엄청나게 많았다. 가만히 시간을 때우는 건 무림인의 특기다.

반면 호위를 책임지는 백운회의 고수들은 절대로 그런 여유를 가질 수 없었다.

유한의 강직한 성격상 조금이라도 흐트러진 모습을 보였다가는 그대로 처벌받을 것이기 때문이다.

뿐만 아니라 스스로의 말을 몰면서 속도를 맞춰야 하는 입장이라, 오히려 평화로운 일정이 더욱 괴롭게 느껴졌다. 아마 개봉까지 계속 이런 여행을 해야 할 것이다.

그런 심심한 나날이 계속 이어질 것 같았지만, 결국 하나의 일이 터지고 말았다.

이틀째 밤으로 자정이 훨씬 넘어, 해가 떠오르기 직전의 시각이었다.

"지금 어디를 가시는 것이오?"

희미한 달빛이 겨우 윤곽을 확인할 수 있을 만큼 비췄다. 그러나 윤곽만으로도 유한의 얼굴이 화로 일그러져 있다는 것을 알 수 있었다.

막 마차 안으로 들어가려던 피월려가 머쓱하게 자기의 머리를 만졌다.

"뭐, 진 소저가 편찮으신지 확인하러 들어가는 것뿐이오."

"이제 곧 황태자비가 되실 분이오. 마차 안으로 들어가는 것은 그것만으로도 엄청난 불충임을 모르는 것이오?"

"흐음. 내 기억으로는 유 대장도 마차에 들어가지 않았소?"

"그것은 안전을 위해서 그런 것이오."

"나도 마찬가지요. 말하지 않았소? 진 소저가 편찮으신지 확인하러 간다고."

입씨름에서 피월려를 이길 자는 없었다. 유한은 검이라도 뽑을 기세로 피월려에게 다가왔다.

그때였다.

"유 대장."

진설린의 목소리가 마차 안에서 흘러나왔다.

유한은 그 즉시 부복하며 대답했다.

"예!"

"제가 허락한 일입니다."

"……"

피월려는 방긋 웃으며 유한을 보았다.

"그럼 들어가 보겠소. 유 대장은 밖에서 본인의 임무인 호위에 더욱 신경 써주시오. 하하하."

피월려의 조롱 어린 웃음소리가 곧 마차 안으로 사라졌다. 유한은 붉으락푸르락한 표정으로 마차를 노려보았지만, 그가 할 수 있는 것은 아무것도 없었다.

그 모습을 보며 혈적현은 말린 육포를 입으로 뜯었다.

불침번을 서고 있던 그는 이 모든 것을 처음부터 보고 있었다.

"왜? 유 대장도 안으로 들어가고 싶으신 것이오?"

유한은 분노 어린 눈빛으로 혈적현을 홱 돌아봤다.

"말이라고 다가 아니오."

"다가 아니면, 어쩌실 것이오? 검이라도 뽑을 것이오?"

유한은 정말로 검을 뽑으려 했다.

다행히 그 전에 그의 부관이 그의 팔을 붙잡았다. 논쟁 때문에 잠에서 깬 것이다.

"유 대장님, 진정하십시오."

유한은 마차와 혈적현 둘을 번갈아 보더니, 곧 가래침을 모아 딱하고 뱉었다. 그것 말고는 그가 경멸을 표현할 방법이 없었다.

그는 몸을 돌리며 그의 부관에게 말했다.

"잠시 다녀올 곳이 있다."

"예?"

"이곳의 지리를 파악해야겠다. 해가 뜰 때, 저 산 꼭대기에서 이 일대를 확인할 것이다."

"대장께서 돌아올 때까지 기다리겠습니다."

"늦지 않을 테니, 그렇게 해라. 일이 생기면 신호하겠다."

"두 마인은 어떻게 합니까?"

"네가 알아서 판단해라."

"알겠습니다. 그럼 다녀오십시오."

유한은 고개를 끄덕인 후에, 숲속 어디론가 사라졌다. 혈적현은 무림인의 안력으로 그가 사라지는 것을 확인하곤 다시 잠을 청하려는 부관에게 물었다.

"유 대장은 어디를 간 것이오?"

부관은 숨기지 않고 대답했다.

"이 근방의 지리를 확인하겠다고 하셨소. 아마 곧 돌아오실 것이오."

"굳이 지금 간 것이 이상하지 않소?"

"그 뜻은 대장께서 거짓을 말했다는 것이오?"

어투가 상당히 거칠었다.

조금만 더 자극한다면 정말로 칼부림을 낼 기세였다. 하기야 피월려가 그들의 대장을 그리 밀어붙였으니, 이 정도로 민감하게 나오는 것은 당연했다.

혈적현은 굳이 싸움을 원하지 않았다.

"아니오."

그의 대답에 부관은 대꾸도 없이 몸을 뉘었다.

해가 뜨고 전과 같이 시비들이 아침을 준비했다.

총 두 명이었는데, 음식을 준비할 때 빼고는 밖으로 나오지 않는 그들이 오늘따라 꽤나 오래 밖에 있었다. 그들의 말로는 진설린이 먹고 싶어 하는 음식이 요리 시간이 많이 필요한 것이라 밖에 오래 있을 뿐이라 했다.

하지만 새벽에 피월려가 마차 안에 들어간 것을 확인한 부관은 혹 그것 때문에 시비가 먼저 밖에 나온 것이 아닌가 하는 생각을 지울 수가 없었다.

남녀가 한 방에 있는데, 시비를 내쫓았다? 이건 의심을 지우려야 지울 수가 없었다.

안에서 음행을 하지 않는 이상, 둘이 홀로 남아 있어야 할 이유가 없기 때문이다.

하지만 정말로 피월려와 진설린이 내연 사이라면 이토록 대놓고 음행을 저지르지 않을 것이다.

의심을 피하기 위해 오히려 서로 떨어졌으면 떨어졌지, 뭐하려고 의심을 일부러 사려 하겠는가?

부관은 한동안 정리되지 않는 마음을 다스리지 못했다. 자기도 모르게 계속해서 의심의 눈초리로 마차를 흘겨보게 되었다.

요리를 하는 시비들의 손길이 매우 느리다는 느낌이 연속적으로 들었다. 부관은 결국 참지 못하고 자리에서 벌떡 일어났다.

그 모습을 주시하던 혈적현이 즉시 따라 일어나면서 굳은 표정으로 말했다.

"주변에 적이 있소?"

부관은 갑자기 그의 앞을 막아선 혈적현에게 살기를 내뿜으며 물었다.

"그게 무슨 뚱딴지같은 소리요?"

"아니, 적이 없다면 왜 이리도 살기등등한지 모르겠소만."

"내 마차 안을 확인해 봐야겠소."

"뭐요?"

부관은 혈적현의 어깨를 밀치면서 앞으로 나아갔다. 그러나 혈적현이 그걸 그대로 둘 리 없었다. 혈적현이 부관의 어깨를 붙잡으려고 손을 뻗었다.

그때였다.

삐이이익—!

하늘이 찢어지는 듯한 소리가 들리며 저 먼 상공 위로 하나의 폭죽이 터졌다.

기술력이 남다른 황도의 물건이 아니고야 대낮에도 저렇게 큰 소리를 내며 터질 수는 없었다. 군이 아니라면 소유할 수도 없을 것이다.

"대장님이다. 위험에 처해 계시군."

한 백운회의 고수가 부관에게 걸어와 물었다.

"어떻게 해야 합니까?"

부관은 즉시 말했다.

"당연히 장군님을 구해야 한다."

"하지만 이곳의 호위는 누가……."

부관은 경멸을 담은 표정으로 혈적현을 위아래로 훑어보았다.

"잘난 호마궁의 마인들이 잘하겠지. 어서 짐을 챙겨라. 장군님에게 간다."

"존명!"

그들은 모두 일사분란하게 움직였다.

그들을 껄끄럽게 생각하던 혈적현은 천마신교의 입장상, 그들이 떠나는 것이 좋기 때문에 아무런 제재도 가하지 않고 멀리서 구경만 했다.

그렇게 짐을 모두 챙긴 그들은 인사조차 없이 폭죽이 터진 곳으로 말을 타고 움직였다.

혈적현은 그들이 모두 시야 밖으로 사라지는 것을 확인하고서야 마차로 가까이 다가갔다.

"피월려. 있나?"

속에서 즉시 대답이 들려왔다.

"어."

"어떻게 생각해? 저들이 돌아오기 전에 먼저 따돌릴까?"

"그것이 좋겠지. 하지만 그래도 결국 따라잡힐 거야. 우린 마차고 저쪽은 군마잖아."

"그래도 며칠이라도 움직임이 자유로운 편이 낫지. 어차피 저놈들 마음에 들지도 않았어. 좀 헤매라고 놔두지, 뭐."

"……."

"왜?"

"이상해서. 지금 이 상황에 왜 유한에게 위험이 닥친 거지? 하필 홀로 떠난 사이에."

"무슨 말이 하고 싶은데?"

"함정에 빠진 게 아닌가 해."

혈적현이 의문을 제기했다.

"함정이라니? 무슨 함정?"

"흐음……. 그냥 이상한 느낌이 들어서. 뭐, 함정이라면 나름대로 우리에겐 좋은 거 아니겠어?"

"그야 그렇지."

"일단 따돌리는 쪽으로 하자고."

혈적현은 밖에서 요리를 하고 있던 시비들을 서둘러 불렀다.

그들이 마차 안에 들어가자 그 안에서 피월려가 나와 마부석으로 움직였다.

혈적현은 채찍을 휘둘렀고 마차는 서서히 움직이기 시작했다.

마차는 전과는 판이하게 다른 빠른 속도로 움직였고, 그것에 놀란 목소리가 마차 안에서 들렸다.

"무슨 일이죠? 갑자기 속력을 내시는군요."

피월려는 마부석 뒤에 달린 작은 창을 열고는 안에 대답했다.

"우려했던 상황이 벌어진 것 같습니다. 황룡무가에서 나오실 때 하던 그 다짐이 필요할지도 모르겠습니다."

"⋯⋯."

여인은 꿀 먹은 벙어리처럼 대답하지 못했다.

그녀가 처음 황룡무가에서 나올 때 한 말은 '죽음까지도 각오했어요'이었기 때문이다. 그녀는 빠르게 상황을 판단하고는 말했다.

"당장 급한 게 아니라면 시비들은 내려줘요."

피월려는 슬쩍 혈적현을 보았고, 혈적현은 잠시 고민하더니 말했다.

"솔직히 적이 있는지 없는지 확실하지도 않잖아? 없으면 이대로 개봉까지 가야 하는데 시비 없이 괜찮을까? 그리고 적이 있다고 해도 무림인일 텐데, 이 시비들이 온전히 탈출할 수 있겠어? 잡히면 고문당할걸?"

피월려에게 한 말이지만, 대답은 여인이 했다.

"그래도 차라리 지금 보내주세요. 관로로 나가기 전이라면 무공을 모르는 이들이라도 살 가능성이 있으니까."

그들은 밤을 나기 위해서 잠시 소로로 빠져 있었다. 하지만 소로는 큰 마차로 속력을 내기에는 큰 부족함이 있었다.

이렇게 큰 마차가 더욱 속력을 내기 위해서는 관로만큼이나 큰 도로가 아니면 불가능했기 때문이다. 그래서 그들은 서둘러 관로로 향하고 있었다.

여인은 마차 안에서는 앞이 보이지도 않는데, 관로로 간다는 사실을 유추한 것이다.

피월려는 그녀의 지혜에 놀라움을 표하면서 그 현명함을 존중하기로 했다.

"잠시 멈추지."

"정말 시비를 내려줄 생각이야?"

"어."

"…뭐, 네 판단이라면."

혈적현은 서서히 마차의 속력을 줄였고, 곧 완전히 멈춰 섰다.

시비들은 애처로운 표정을 지으며 마차를 떠나지 않으려 했지만, 그들의 주인인 여인은 단호한 표정으로 떠나라고 명했다.

그들은 곧 숲속으로 모습을 감췄고 혈적현은 다시 채찍을 들었다. 그때 피월려가 말했다.

"말은 내가 다룰게."

"왜?"

"달리는 와중에 공격을 받는다면, 내 검보다는 네 비도가 훨씬 대응하기 좋지 않겠어?"

"그거야 그렇지만. 너…… 적이 있다고 얼마나 확신하는 거야?"

"십중팔구."

"그렇게나?"

"얼른 줘."

피월려는 낚아채다시피 채찍을 뺏어 들어 말의 엉덩이를 세게 때렸다.

놀란 말은 급히 달리기 시작했고, 전보다 훨씬 빠른 속력을 냈다.

관로가 아닌지라 마차는 심하게 덜컹거렸고 일행은 모두 긴박함을 실감할 수 있었다.

그들은 곧 관로에 도착했다. 소로에서 관로로 이어지는 길이 보이는데, 그 앞쪽에 수상한 사람들이 서 있었다. 한눈에 봐도 어떤 집단의 인물들 같은데, 강렬한 투기를 마차 쪽으로 쏘아 보내는 것이 노골적이기 그지없었다.

그들을 본 혈적현의 눈동자가 급격하게 커졌다.

"무당파!"

피월려도 놀라 그를 돌아보았다.

"뭐?"

"무당파다, 저들은."

그 말을 듣는 순간 피월려는 욕설을 내뱉지 않을 수 없었다.

"미친. 무당파가 왜 이 일에 끼어들어?"

"그나마 생각할 수 있는 연결 고리는 광소지천의 척살령이겠지. 그런데 왜 하필 딱 지금이지? 절대로 우연이라 생각할 수 없군."

"예상대로 백운회와 백도무림은 모종의 관계가 있다는 뜻이야. 무당파라면 우리 둘이 힘들지 않겠어?"

"힘들지, 아주 많이. 딱 봐도 다 절정고수 같은데. 숫자가 다섯을 넘어."

"……."

"……."

피월려와 혈적현은 순간 서로를 바라보았고, 눈빛이 통했다. 피월려는 고삐를 건넸다.

"내가 데려오지."

피월려는 공중에서 묘기를 부리듯 마차 안으로 들어갔다. 그리고 놀란 눈으로 바라보는 여인에게 아랑곳하지 않고 다가가 허리를 끌어안았다.

여인이 당황한 목소리로 물었다.

"이 무슨……"

"마차를 버릴 겁니다. 말을 타고 숲을 달려야겠습니다."

짤막한 말 뒤로 피월려는 여인을 우악한 손길로 업어 들었다.

그리고 밖으로 나와 보법을 펼쳐 마부석으로 돌아왔다.

이미 거리는 반 이상 좁혀졌다. 무당파의 고수들은 하나같이 검을 뽑아 들었고, 투기도 아닌 살기를 내비치기 시작했다. 그들을 노려보며 혈적현이 말했다.

"지금 마차를 버려보았자 바로 경공으로 따라올 거야. 충돌하는 순간을 노려야 해."

"좋아. 그러면 부딪치기 직전에 우리가……"

피월려는 차마 말을 끝낼 수 없었다. 무당파의 고수들이 벌써부터 검을 휘둘렀기 때문이다.

이 거리에서 검기를 쏘겠다고? 맞추기는커녕 오다가 사라질 터다.

그런데도 쐈다.

무형의 검기는 보이지 않았지만, 땅에 흙먼지가 올라오는 것을 보고 그 위치를 대강 파악할 수 있었다.

그런데 마차의 속도까지 합쳐져 상대적으로 극도로 빠르게 다가오는 것처럼 보였다. 그리고 그 먼 거리를 비행하면서 힘의 쇠함이 전혀 없었다.

무당의 검공.

괜히 구파일방이 아니다.

"뛰어!"

혈적현이 소리침과 동시에 다섯 개의 검기는 앞에 있는 두 말의 다리와 몸통, 그리고 머리를 깨끗하게 잘라냈다. 하지만 그 말들이 방패가 됨으로써, 검기는 모두 소멸했다.

아무리 무당파의 검공이지만, 그 먼 거리를 비행하고 말의 육신을 통과하는 수준의 검기를 발경할 수는 없었던 것이다.

여인을 안아 든 피월려와 혈적현이 동시에 도약할 때, 공중에서 두 무영비가 춤췄다.

무영비는 앞에서 토막 난 말과 멀쩡한 말을 연결하는 가죽끈을 끊었고, 또한 마차와 이어지는 가죽끈도 모두 끊었다.

여인을 업은 피월려와 혈적현이 각각의 말 위에 안착했을 때, 그 말들을 억압하는 모든 가죽끈은 이미 끊어진 상태였다.

"찢어지자."

피월려는 왼쪽에 있었고, 혈적현은 오른쪽에 있었다. 당연히 피월려는 왼쪽으로 말 머리를 틀었고, 혈적현은 오른쪽으로 말 머리를 틀었다.

"개봉에서!"

피월려는 마지막 말을 남기고는 울창한 숲속으로 말을 인도했다.

『천마신교 낙양지부』 10권에 계속…

초대형 24시 만화방

신간 100%, 샤워실, 흡연실, 수면실(침대석), 커플석, 세탁기 완비

■ 광명 광명사거리역점 ■

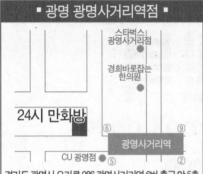

경기도 광명시 오리로 986 광명사거리역 6번 출구 앞 5층
02) 2625-9940 (솔목타워 5층)

■ 강북 노원역점 ■

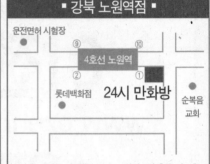

서울 노원구 상계동 340-6 노원역 1번 출구 앞 3층
02) 951-8324 (화용빌딩 3층)

■ 일산 정발산역점 ■

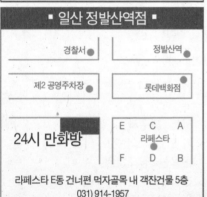

라페스타 E동 건너편 먹자골목 내 객잔건물 5층
031) 914-1957

■ 일산 화정역점 ■

경기도 고양시 덕양구 화정동 984번지 서일빌딩 7층
031) 979-4874 (서일사우나 건물 7층)

■ 부천 역곡역점 ■

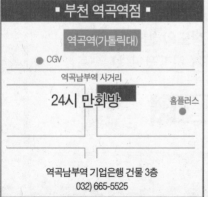

역곡남부역 기업은행 건물 3층
032) 665-5525

■ 부평역점 ■

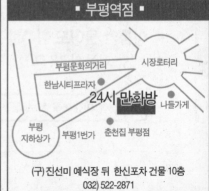

(구) 진선미 예식장 뒤 한신포차 건물 10층
032) 522-2871

크레도 장편소설
FUSION FANTASTIC STORY

톱스타 이건우

열정만으로 성공하는 것은 아니다!

어중간한 실력으로 허송세월하던 이건우.

그의 앞에 닥친 갑작스러운 사고와 함께 떠오르는 기억.

'나는 죽었는데 살아 있어. 그건 전생? 도대체……'

전생부터 현생까지 이어지는 인연들.
그리고 옥선체화신공(玉仙體化神功)…….

망나니처럼 살아온 이건우는 잊어라!
외모! 연기! 노래!
삼박자를 모두 갖춘 최고의 스타가 탄생한다!

FUSION FANTASTIC STORY

박선우 장편소설

스크린의 별

비호감을 불러일으킬 정도로 못생긴 외모를 가진 강우진.

우연히 유전자 성형 임상 실험자 모집 전단지를
발견한 그는 마지막 희망을 걸고
DNA를 조작하는 주사를 맞게 되는데……

과거의 못생겼던 강우진은 잊어라!

**세상에서 가장 아름다운 사나이.
그가 만들어가는 영화 같은 세상이 펼쳐진다!**

Book Publishing CHUNGEORAM

유행이 아닌 자유추구 -
WWW. chungeoram.com

저니맨 김태식

한 팀에서 오래 머물지 못하고
이 팀, 저 팀을 옮겨 다니는
저니맨(Joruney man)의 대명사, 김태식!
등 떠밀리듯 팀을 옮기기도 수차례.

"이게… 나라고?"

기적과 함께 그의 인생에 찾아온 두 번째 기회!

"이제부터 내가 뛸 팀은 내 의지로 선택한다!"

**더 이상의 후회는 없다!
야구 역사를 바꿔놓을
그의 새로운 야구 인생이 펼쳐진다!**

Book Publishing CHUNGEORAM

유행이 아닌 자유추구 -
WWW.chungeoram.com